KB214388

디카페인 커피와 무알코올 맥주

디카페인 커피와 무알코올 맥주

조우리 짧은 소설

이영채 그림

마음산책

조우리

자기가 읽고 싶은 소설을 쓰는 소설가. 여성, 퀴어, 노동을 이야기하는 소설이 세상에 더 많이 필요하다고 믿는다. 우리가 만나는 대부분의 순간 우리는 각자의 노동을 하고 있고, 항상 서로의 노동에 기대어 살아가고 있다는 사실을 잊지 않으려 한다. 2011년 단편소설 「개 다섯 마리의 밤」으로 대산대학문학상을 수상하며 작품 발표를 시작했다. 소설집 『내 여자친구와 여자 친구들』 『팀플레이』, 연작소설 『이어달리기』, 장편소설 『라스트 러브』 『오늘의 세리머니』 『당신의 자랑이 되려고』, 청소년 소설 『커튼콜』 등을 출간했다. 언제나 온 세상을 향해, 또한 오직 단 한 사람의 마음에 들고 싶어서 소설을 쓴다.

디카페인 커피와 무알코올 맥주

1판 1쇄 인쇄 2024년 9월 30일
1판 1쇄 발행 2024년 10월 5일

지은이   조우리
펴낸이   정은숙
펴낸곳   마음산책

담당 편집   황서영
담당 디자인   오세라
담당 마케팅   권혁준·김은비
경영지원   박지혜

등록   2000년 7월 28일(제2000-000237호)
주소   (우 04043) 서울시 마포구 잔다리로3안길 20
전화   대표 362-1452 편집 362-1451 팩스 362-1455
홈페이지   www.maumsan.com
블로그   blog.naver.com/maumsanchaek
트위터   twitter.com/maumsanchaek
페이스북   facebook.com/maumsan
인스타그램   instagram.com/maumsanchaek
전자우편   maum@maumsan.com

ISBN 978-89-6090-896-3 03810

* 이 도서는 2024년도 한국문화예술위원회
  아르코문학창작기금(문학 창작산실) 사업에 선정되었습니다.
* 책값은 뒤표지에 있습니다.

서로를 이해하지 못하는 데다가

너무나 다른 모습이면서도 함께 있을 때,

조금 기분이 좋아졌다.

계속, 작별하는 이야기를 썼구나. 소설을 모아놓고서야 알았다. 잘 작별하고 싶어서, 그랬던 것 같다. 소설 바깥에서야 하는 생각이다. 쓰면서는 몰랐다. 쓰고 나서도 몰랐다. 책이 되려고 하니 알겠다. 책 덕분이다.

작별은 '인사를 나누고 헤어지는 일 또는 그 인사'를 뜻한다. 삶이 유한하므로, 우리는 반드시 헤어지게 되어 있다. 사랑하고, 미워하고, 아끼고, 괴롭고, 부럽고, 초조하고, 편안하고, 두려운 모든 이들과 모든 것들을 우리는 떠나고 떠나보낼 수밖에 없다. 때로는 헤어지기 싫어서 만나기를 피할 때가 있고, 미리부터 헤어지는 연습을 하며 슬퍼할 때도 있다. 그러다 실수로 헤어지기도 하고, 기어코 헤어지려고 애쓰기도 하며, 헤어진 줄도 모르다가 뒤늦게 깨닫기도 한다. 그 모든 순간, 우리가 헤어지는 순간에 서로에게 인사를 건넬 수 있다면, 그래서 이별이 아닌 작별할 수 있다면. 그러면 우리는 언제고 다시 인사를 나누며 새롭게 만날 수도 있을 것이다.

이따금 인사 없이 헤어진 존재들을 떠올리곤 한다. 어떤 이별은 거칠게 뜯겨나간 단면 같고, 어떤 이별은 어느새 희미하게 바래버린 장면이며, 어떤 이별은 기억도 나지 않는 마지막 뒷모습에 대한 상상이다. 우리에게 약속한 끝이 없었기에 그 어떤 다음도 시작할 수 없다는 사실이 피할 수 없는 파도처럼 밀려올 때, 해변 모래사장에 쓴 지워질 글씨처럼 소설은 대신 인사를 건네준다. 내가 아직 만난 적 없는 이에게, 혹은 이미 한참 전에 지나친 이에게, 또한 나에게 건네는 인사를. 그 덕분에 나는 비로소 어떤 순간들과 온전히 작별하고 다음을 준비한다. 소설은 하지 않은 경험이고 살지 않은 삶이니까. 그런데도 분명히 내가 한 경험이고, 내 삶의 일부니까. 내가 쓴 소설을 읽는 이들에게도 그러하길 바라면서.

　이 책에 실린 소설 중 「이 책을 펼치면」과 앞서 앤솔러지 등에 발표했던 세 편(「메타버스 학교에 간 스파이」 「점심시간의 혁명」 「밀크드림」)을 뺀 다른 소설들은 2023년 연말에 메일링 연재를 통해 독자들과 먼저 만났다. 내가 쓰는 사람이라는 것이 믿어지지 않아서 홀로 쓰는 것이 두려울 때, 나는 결국 읽는 사람들에게 기대고 만다. 우리가 서로를 바라보고 서로의 증인이 되어주어야만 살아갈 수 있다고 믿는다. 기꺼이 나의 증인이 되어주신 분들께 감사를 전한다. 자랑할 만한 책을 만들게 해주신 이영채 작가님과 마음산책 출판사, 메일링 연재를 하는 동안 한 편 한 편을 공들여 읽고 매번 감상을 보내주신 김수경 편집자와 소설을 책으로 만들며 애써주신 황서영 편집자께 특별히 감사하다.

책에 신기 위해 소설들을 다시 읽고 고치면서 2024년 여름을 보냈다. 디카페인 커피와 무알코올 맥주도 자주 마셨다. 가짜 커피, 가짜 맥주, 속으로 중얼거리며 몰래 웃었다. 어쩌면 소설이 그저 가짜 삶에 불과할지 몰라도, 얼음을 가득 넣어 아주 차가워진 유리잔 바깥으로 물방울이 맺히듯이 소설을 쓰거나 읽는 동안 소설 바깥에 맺히는 마음은 분명 진짜일 것이다. 자기가 쓴 소설을 생각하며 웃는 작가를 떠올리며, 여러분도 이 책을 읽는 동안 한 번은 웃을 수 있길 바란다. 또한 우리가 여기서 잘 작별하고, 다음 이야기에서 다시 만날 수 있기를.

여름과 작별하고 가을을 시작하며

조우리

차례

이 책을 펼치면

　외로운 아이에게 도서관만큼 안전한 공간이 있을까. 너는 어린 시절을 떠올리면 그 대부분의 배경이 도서관이라고 말한다. 과거를 이야기할 때마다 웃는 듯 우는 듯 얼굴을 살짝 찡그리는 너. 너는 아마 너의 표정을 모르는 것 같다. 나는 그런 너와 가만히 눈을 맞춘다. 네가 바라보는 나의 표정이 부디 다정하기를 바라며.

　너는 사라진 도서관들을 기억한다. 어릴 때는 도서관이 사라질 수 있다고는 생각해본 적이 없었다고 말하면서. 이제는 얼마든지 그럴 수 있다는 걸 안다고는 굳이 말하지 않고서.

네 기억 속 최초의 도서관은 다니던 초등학교 별관에 있었다. 쓰지 않는 교실에 '도서관'이라는 명패를 붙여 두었을 뿐인 공간. 미닫이 유리문을 열고 들어가면 정년 퇴직이 얼마 남지 않은 나이 든 선생님이 돋보기안경을 쓰고 앉아 계셨다. 너를 바라보던 그분의 다정한 시선. 기증받은 낡은 책들. 창 너머로 보이던 운동장. 멀리서 들려오던 공 차는 소리. 너를 현실에서 오려내 다른 세상에 덧붙여주었던 책 속의 문장들은 얼마나 황홀했던 지. 이국의 도시와 그곳에 사는 금발의 소녀들이 먹는, 맛을 상상할 수 없었던 요리들. 벽난로 안에서 활활 타오르는 장작. 느껴질 리 없는 훈기가 너를 감싸면, 너는 궁금해졌다. 왜 해피 엔딩을 읽으면서도 울 것 같은 기분이 드는지.

책을 읽는 사람보다 문제집을 푸는 사람이 더 많던 집 근처의 구립도서관. 중학생이 된 너는 그곳 열람실에서 몇 개의 청구기호를 외웠다. 잘못 붙인 스티커 때문에 제

자리가 아닌 곳에 꽂혀 있는 책들의 청구기호였다. 도서관에 갈 때마다 그 책들이 여전히 그대로, 잘못된 자리에 그대로 놓여 있는 것을 보면 어쩐지 안심이 됐다. 그 도서관에는 네가 100번도 넘게 읽은 책이 있었다. 네가 읽었다는 걸 아무에게도 들키고 싶지 않아서 한 번도 대출하지 않았던 그 책에는, 너와 같은 이름을 가진 사람의 이야기가 있었다. 다른 삶. 지금 여기가 아닌 곳의 삶. 그때 너에게 필요한 것은 그저 그것뿐이었고, 그것은 오직 책 속에서만 허락되었다.

　고등학생 때 너는 주말마다 버스를 갈아타고 국립도서관에 갔다. 한시도 쉬지 않고 평생토록 읽는다고 해도 다 읽을 수 없을, 많은 책들. 키를 훌쩍 넘는 높이의 서가들이 줄지어 늘어서 있고, 그 사이로 발소리를 죽이고 걷는 사람. 그리고 사람들. 커다란 책상을 혼자 차지하고 신문을 펼쳐 보는 사람. 여러 권의 책을 쌓아 품에 안은 사람. 바닥에 앉은 사람. 창가에 기댄 사람. 너는 도서관 안의 사람들을 보면서 네가 도서관을 찾는 이유를 깨달았다. 도서관은 발을 들인 이에게 정숙을 요구하는 곳, 거기에 예외는 없었다. 도서관에서 발생하는 소란은 사라져야 마땅한 것. 그 규칙을 모두가 알고 있다는 사실, 그 사실이 너를 지켜주었다.

아무도 펼친 적 없는 책을 찾으려고 까치발을 하거나 기꺼이 바닥에 엎드린 일. 누군가가 책에 연필로 그어 놓은 밑줄을 지우개로 박박 지운 일. 나란히 꽂힌 똑같은 책 두 권 중 한 권을 엉뚱한 자리에 가져다 둔 일. 어떤 책의 한 페이지를 몰래 찢어 주머니에 넣은 일. 너의 기억 속 서가에 빼곡하게 꽂힌 기억들. 도서관과 너만의 비밀들.

너는 도서관에 막 반납된 책을 펼친 적이 있다. 그 책을 대출했던 사람이 도서관 밖으로 나가는 뒷모습도 보았다. 책에는 귀퉁이를 접었다 펼친 흔적이 남아 있었다.

'눈이 많이 내린 날 세상이 고요하게 느껴지는 것은 쌓인 눈에 소리를 흡수하는 성질이 있기 때문이다.' 그 문장 아래로 정갈한 손글씨가 보였다.

믿을 수 없다.

어떤 날 너는 서가 사이에 누워 있다. 종일 한 사람도 지나가지 않는 그 서가는 네가 오랫동안 살펴둔 자리였다. 너는 가만히 눈을 감고, 몸에 힘을 뺀 채로 깊게 심호흡을 했다. 마치 곧 잠에 들기라도 할 것처럼. 너는 생각했다. 어쩌면 도서관의 책에도 눈과 같은 성질이 있는 것은 아닐까. 서로 몸을 기대고 서 있는 무수한 책들이 세상의 소음을 들이마시고 고요를 뱉어내는 걸지도 몰라. 책들의 호흡을 상상하니 어디선가 너의 것이 아닌 숨소리가 들려오는 것도 같았다. 너는 문득 소리 내어 말해보았다.

믿을 수 있다.

너는 말한다. 이런 이야기를 나에게 하게 될 줄은 몰랐다고. 나뿐만이 아니라 다른 누구에게도 영영 꺼내놓을 생각이 없었다고. 하지만 내가 알고 있듯이 너도 알겠지. 이해받고 싶어서라는 걸. 지금의 네가 아니라 지금까지의 너를 전부 이해받고 싶어서라는 걸.

세상에는 분명한 사실인데도 믿지 못하는 사람이 있다고. 재차 확인하고서도 의심하고, 다시금 시험하기를 반복하는 사람이 있다고. 너는 말한 적이 있다. 그때 나는 대답했지. 그런 사람이 있는가 하면, 불분명한 것이라도 간절히 믿으려는 사람이 있다고. 그 믿음의 시도만이 진실이리라는 걸 알면서도.

그래서 우리는 지금, 도서관에 같이 있는 것이다. 곧 사라진다고 공지된 도서관에.

*

도서관 폐관은 석 달 전에 공지되었다. 공지된 날부터

희망 도서 신청을 받지 않았다. 신규 대출증 발급도 중단되었고, 대출증을 분실한 사람은 재발급을 받을 수 없었다. 그렇게 한 달이 지난 뒤부터는 대출 창구가 닫혔다. 상호대차로 대출된 다른 도서관의 책부터 우선 반납해 달라는 안내문이 커다랗게 붙었다. 마스크를 쓰고 목장갑을 낀 직원들이 어떤 칸의 책들을 통으로 뽑아 상자에 담았다. 책이 가득 실린 수레가 자주 오갔다.

너는 도서관에서 운영하는 독서 모임에 두 계절째 참여하고 있었다. 나에게도 몇 번 참석을 권했던 그 모임 역시 도서관과 함께 사라질 예정이었다. 도서관 3층의 세미나실에서 매주 목요일 저녁에 두 시간씩 만나는 모임. 한 권의 책을 정해 모두가 읽고 대화를 나누는 방식이 아니라 저마다 다른 책을 읽고 모인다고 해서 신기했었다. 한 사람만 읽고 나머지는 읽지 않은 책에 대해, 얼마나 많은 이야기를 할 수 있을까. 내 의문에 너는 자신이 읽은 책에 대해서는 이야기하지 않는 것이 규칙이라고 했다.

"그러면 무슨 이야기를 해?"

"그 책에 대한 이야기만 빼면, 무엇이든."

"그걸 독서 모임이라고 할 수가 있나?"

"정확히는 독서하고 모이는 모임이지."

예전에는 같은 책을 읽고 이야기하는 방식이었는데, 참여율이 너무 저조했다고. 그래서 모임 운영을 담당하는 사서 선생님이 낸 아이디어라고 했다.

"그럼 책을 안 읽고 오는 사람도 있겠네?"

"그러진 않을 거라고 믿는 거지."

놀랍게도 매주 빠지는 사람 하나 없이 지속되고 있는 그 모임의 마지막 날에 같이 가달라는 것이 네가 나에게 처음으로 한 부탁이었다. "부탁이야." 네가 정확히 그렇게 말했으므로, 나는 거절할 수 없었다.

우리는 도서관 앞마당의 벤치에서 네가 만들어 온 샌드위치를 나눠 먹는 중이었다. 하얀 식빵 두 장 사이에 땅콩버터를 바르고 사과 조각을 끼워 넣은 샌드위치였

다. 서너 살쯤 되어 보이는 아이가 엄마 손을 잡고 도서
관으로 들어가는 것이 보였다. 아이는 등에 천으로 만든
배낭을 메고 있었는데, 그 안에 들어 있는 물건의 형태가
고스란히 드러났다. 네모나고 얇은, 책. 딱딱한 표지를
가진, 아마도 그림책.

　나는 도서관에서 빌린 책을 이불 밑에 숨기는 아이를
상상했다. 아이는 도서관이 사라진다는 걸 알고 있고, 그
래서 일주일만 감춰두면 그 책은 자신의 것이 되리라 생
각한다. 그래도 되지 않을까. 책의 입장에서도 좋은 일이
아닐까. 내 머릿속의 이야기를 하자 너는 도서관에서 책
을 훔치려고 한 적이 있다며 너의 이야기를 했다.

　"창문이 열려 있어서."

　창밖으로 책을 떨어뜨리고, 아무것도 모른다는 얼굴
로 열람실 바깥으로 걸어 나가는 상상. 몰래 건물 뒤편으
로 돌아가 화단에 떨어져 있는 책을 주워 가방에 넣는 상
상. 평소와 다름없는 걸음걸이로 집으로 향하는 상상.

　"정말 상상만 했어?"

"아쉽게도."

네가 웃으면서 자리에서 일어났다. 곧 독서 모임이 시작될 시각이었다. 우리는 서로에게도 무슨 책을 읽었는지 말하지 않기로 했다. 대신 그 책에 대해서만 빼고 뭐든지 말하기로, 규칙대로.

독서 모임의 회원은 원래 여덟 명이지만, 모인 사람은 열다섯이나 되었다. 지난 모임에서 이제 마지막이니까 누구든 올 수 있게 하자고 의견을 모았다고 했다. 나처럼 회원의 소개로 온 사람도 있었고, 회원으로 가입하려고 생각만 하다가 때를 놓쳤다는 사람도 있었고, 사서 선생님의 참석 권유를 받은 사람도 있었다. 사서 선생님이 시범을 보이듯 먼저 입을 열었다.

"지난 일주일 동안은 기침 때문에 고생을 좀 했어요. 감기가 영 떨어지질 않더라고요. 목이 건조해서 그런가 싶어 집에서도 마스크를 끼고 있었거든요. 그러다 보니 안경에 자꾸만 김이 서리는 거예요. 그래서 책 읽기가 좀 수고로웠답니다. 그래도 다행히 오늘은 좀 괜찮아졌어요. 어제 결국 미루던 병원에 다녀왔거든요. 아프면 병원에 가야 한다는 걸 알면서 자꾸만 곧 괜찮아지지 않을까 싶어서 미루게 되네요. 저만 그런 거 아니겠죠?"

기존 회원들이 말을 이어받았다. 잘 쓰던 독서대가 망가져서 똑같은 걸 사려고 했는데 구입했던 가게가 폐업해서 다시 구할 수가 없다는 이야기. 커피를 마시면서 책을 읽는 습관이 있는데 위염 때문에 커피를 마시지 못하게 됐다는 이야기. 고양이가 무릎에 앉아 곤히 자는 바람에 일어나지 못하고 한 시간 넘게 같은 자세로 앉아 있었다는 이야기. 너도 말했다.

"연극을 보러 가려고 했어요. 생각보다 가까운 곳에 극장이 있더라고요." 내가 알려준 곳이었다. "거기서 이달 말까지 공연하는 연극이 있다고 해서 소개 글을 찾아봤죠. 재미있을 것 같더라고요. 그런데 한참 보다가 깨달았어요. 아, 이거 내가 예전에 봤던 책이 원작이구나. 그책 다시 읽고 싶네." 사서 선생님이 규칙을 잊은 건 아니냐고 물었다. "그럼요. 제가 그 책을 다시 읽은 건 아니랍니다." 사람들이 웃었다. "전시를 보러 미술관에도 갔어요." 그때도 내가 함께였다. "사람들이 잔뜩 모여 있는 작품이 있더라고요. 유명한 작품인가 보다 하고 가까이 다가갔는데, 분명 처음 보는 작품인데도 익숙한 거예요. 맞아요. 예전에 어느 책에서 본 적이 있는 작품이었던 거죠. 아, 물론 그 책도 제가 이번에 읽은 책은 아니랍니다." 사람들이 또 웃었다. 이번에는 나도 같이 웃었다. 너의 이야기는 이렇게 끝났다. "아무리 재미있고 훌륭한 것이 많아도 저는 책이 제일 좋은가 봐요."

내가 독서 모임을 위해 읽은 책은 네가 선물해준 책이다. 1년쯤 전이었다. 생일도 크리스마스도 아닌, 아무 날. 네가 불쑥 내민 책을 그날 바로 읽었지만 특별한 감흥은 없었다. 그리 두껍지 않은 책이어서 단숨에 읽었던 기억만 남아 있다. 잘 보이는 곳에 그 책을 꽂아두었으면서도 제목도 작가의 이름도 매번 헷갈렸다. 너에게는 책을 잘 읽었다고, 재미있었다고, 고맙다고 했으면서.

　그때 우리는 헤어질 수도 있었다. 여느 어리석은 연인들과 마찬가지로. 사랑이 남은 채로도 이별을 말하고, 듣고, 고개를 끄덕이면서. 하지만 너는 나에게 헤어짐을 고하는 대신 책을 한 권 건넸다. 나는 그 책을 다시 읽으면서 그때는 미처 짐작하지 못했던 너의 마음과 그 마음을 이제야 헤아려보려 하는 지금의 내 마음에 대해 생각했다. 사라진 도서관에 반납하지 못한 책처럼, 어떤 때를 놓쳐서 남아버린 마음에 대해서.

　"한 번 읽은 책에 대해 얼마나 오랫동안 기억할 수 있을까요. 그 책을 읽은 뒤로도 계속해서 다른 책을 읽을 테니 여러 책의 내용이 뒤섞이진 않을까요. 어떻게 해야 고유한 하나의 기억으로 한 권의 책을 영원히 남겨둘 수 있을까요. 저는 이렇게 굳이 하지 않아도 될 고민을 사서하는 편이랍니다." 내 말에 네가 웃었다.

　나는 어쩌면 네가 오늘은 진짜로 이별을 말할지도 모른다고 생각했다.

'폐기 예정 도서. 필요하신 분 자유롭게 가져가세요.'

모임을 마치고 계단을 내려오니 안내문이 보였다. 1층 로비에 책들이 쌓여 있었다. 사람들이 그러기로 약속이라도 했던 것처럼 흩어져서 책을 들춰보기 시작했다. 너도 그중 하나였다. 나는 네가 신중하게 책을 고르고, 들어 올려서 펼쳐보고, 다시 내려놓는 모습을 지켜보았다.

*

불 꺼진 도서관을 뒤로하고 걸으면서, 너는 말한다. 도서관 로비에 쌓여 있던 책들 사이에서 네가 고른 책 속에 쪽지가 한 장 끼워져 있었노라고. 손바닥보다 작은 쪽지에는 그조차 채우지 못할 정도로 아주 작게 쓴 짧은 한마디가 적혀 있는데, 글씨가 뭉개져 알아볼 수가 없었다고. 나는 걸음을 멈춘다. 너는 몇 걸음 더 걷다가 나를 돌아본다.

그건 내가 쓴 거야.

너에게.

　내 말을 듣는 너의 머릿속에는 오래된 기억이 지금 막 새롭게 생겨난다. 네가 언젠가 잃어버렸다가 다시 찾은 책이 너의 가방 안에 있고, 그 책에는 내가 너에게 이미 주었던 마음이 담겨 있다.

샴푸의 요정

체온보다 살짝 높은 온도의 미지근한 물이 머리카락과 두피를 적신다. 은은한 꽃향기가 나는 샴푸가 바스락바스락 거품으로 변하는 소리가 들리고, 이어서 세심한 손길이 적당한 압력으로 마사지를 시작한다. 올드팝을 편곡한 재즈 피아노 선율이 아주 먼 곳에서부터 들려오는 것처럼 아련히 귓가를 맴돈다. 고개를 뒤로 젖히고 누워 있는 가죽 소파는 푹신하고 안락하다. 감은 눈꺼풀 위에 올려둔 수건의 무게까지도 완벽. 그러니까, 여기가 바로 그 유명한 무릉도원이신가.

"물 온도 어떠세요?"

"좋아요."

나는 나를 이곳으로 데려온 지윤에게 마음 깊이 감사
했다. 지윤의 말대로, 사람은 누구나 초능력 하나씩은 있
는 게 아닐까. 특정한 조건을 갖추면 발휘되는 특수한
힘. 다만 그 조건이 무엇인지, 어떤 힘인지 알지 못할 뿐.
그래서 때로는 초능력을 쓰면서도 그게 초능력인지 모
르기도 하는 것이다. 오래전부터 지윤이 주장해온 '만인
초능력자설'. 나는 이제 그 주장을 전폭적으로 지지하기
로 한다. 왜냐하면 지금 내 머리를 감겨주고 있는 이 미
용사가 샴푸의 초능력자, 샴푸의 요정인 게 분명하니까.

"머리하러 안 갈래?"

뜬금없는 제안이었지만 곧바로 그러겠다고 했다. 침
대 위에 널브러져 있던 몸을 일으켜 스마트폰을 귀에 댄
채로 거울 앞에 섰다. 그러고 보니 미용실에 다녀온 지
가 꽤 되었다. 두 달 전 밝은 갈색으로 염색한 머리카락
은 끝부분이 부스스 상했고, 정수리 쪽은 동그란 뚜껑을

씌운 듯 뿌리가 검게 자라 있었다. 내가 선선히 대답하자 오히려 지윤이 당황한 눈치였다.

"그럼 지금 바로 갈 수 있어?"

"그래."

"너 안 바빠?"

"하나도 안 바빠."

바쁘기는커녕 마땅히 갈 곳도 할 것도 없이 집에 틀어박혀 심심하고 지루하고 무료하고 무의미한 시간을 보내고 있었다. 한마디로, 백수였다.

한 달 전 회사가 망했다. 그 이전 회사에서 만난 동료들과 의기투합해 창업한 회사였다. 그러니까 그냥 회사가 아니고 '내 회사'였고 '우리 회사'였다. 사내 동아리에서 아이디어를 나누다가 발전시킨 우리의 사업 아이템은 보면 볼수록 괜찮았다. 잘될 수밖에 없다고 생각해서 잘되게 하려고 애썼다. 애정과 열정, 노력과 능력, 시간에다 돈까지. 내가 가진 모든 자원을 전부 쏟아부었다. 그런데 망해버렸다. 그 사실을 지윤은 모른다. 지윤은 물론이고 아무에게도 알리지 않았다. 솔직히 말하면 나도 아직 실감이 안 난다.

지윤과는 20년 지기다. 중학교 3학년 때 옆자리 짝꿍으로 만나 그해 내내 서로의 그림자처럼 붙어 다녔다. 까만 단발머리에 동그란 안경, 한쪽 옆구리엔 만화책, 반대쪽 손에는 매점에서 제일 인기 있던 빵 '애플잼 패스츄리'를 들고서. 키도 엇비슷해서 종종 이름을 바꿔 불리는 일이 있었다. 얘, 지윤아, 아이고, 소은이구나. 소은아, 잠깐, 어머, 지윤이네. 음악 선생님은 특히나 자주 우리 둘을 착각하셨다. 그럴 때마다 덧붙이시길, 나도 너희 같은 친구가 있었는데……

선생님의 말이 왜 거기서 끝나는지 그때는 몰랐다. 오랜 시간 현재진행형의 친구로 지낸다는 것이 쉬운 일이 아니라는 것을 알기엔 서로가 너무나 당연했다. 중학교를 졸업하고 각자 다른 고등학교로 진학하면서 이전과 같이 붙어 다닐 수는 없었지만, 그래도 지윤과 나는 일주일에 두어 번은 꼭 만났다. 수험생 시절엔 같은 독서실을 등록했고, 대학에 가서도 같은 패스트푸드점에서 아르바이트를 하며 삶을 나눴다. 그렇게 20년 동안 큰 다툼한 번 없이, 누군가 제일 친한 친구가 누구냐고 묻는다면 당연히 서로가 서로의 이름을 댈 거라고 생각하면서, 지윤과 친구로 지냈다. 그건 모두 지윤 덕분이었다. 언제나 먼저 전화를 걸어주고, 함께할 일을 만들고, 어디든 나를 만나러 와주는 지윤 덕분.

그런데 그런 지윤에게도 폐업 사실을 말하지 못했다. 그뿐만이 아니라 회사가 완전히 망하기 전, 그러나 분명하게 망해가는 동안에는 지윤과 짧은 안부조차 나누지 않았다. 지윤이 전화를 걸어와도 바쁘다는 말로 금세 끊거나 다음에 연락한다고 해놓고 까먹기 일쑤였다. 그래, 그런 시간들이었지. 지난 몇 달이 아주 먼 과거처럼 느껴졌다.

"어쩐 일이야, 맨날 바쁘다는 말을 입에 달고 살더니."

"마침 휴가야. 네가 타이밍이 좋았네."

"그러네. 어쨌든 잘됐다. 그럼 내가 데리러 갈 테니까 준비하고 있어."

준비할 게 따로 있나 생각하면서도 그러겠다 대답하고 전화를 끊었다.

미용실 갔다가 근처에서 밥 먹고 카페 가서 수다 떨면 되겠지. 지윤과 내가 좋아하는 코스들이 떠올랐다. 테이블 위에서 바글바글 끓이는 부대찌개 먹고 나서 단팥을 듬뿍 얹어주는 녹차빙수 먹으러 가기. 그게 가장 단골 코스였다. 국물이 진하면서도 개운한 쌀국수 한 그릇과 스프링롤 한 접시를 나눠 먹고 부드러운 티라미수 곁들여 핸드드립 커피를 마시는 것도 좋다. 라볶이에 김밥과 순대 세트 해치우고 편의점에서 아이스크림 하나씩 골라 들고 하는 산책도 오랜만에 하고 싶었다. 정말 오랜만에.

의욕이 솟아나서 재빨리 세수와 양치를 했다. 어차피 미용실에 가면 머리부터 감겨줄 테니 전날 감은 머리카락은 대충 올려 묶었다. 지윤과 나 사이에 화장한 얼굴까지 보여줄 필요는 없으니 선크림만 발랐다. 오랜만에 옷장 문을 열었다. 요즘 날씨가 어떨까. 날씨 앱에 뜬 최저

기온과 최고기온만으로는 감이 잘 오지 않았다. 고민하다가 제일 편한 옷을 골랐다. 준비를 마치자 마치 짠 것처럼 지윤에게서 집 앞에 도착했다는 전화가 걸려왔다.

지윤이 내비게이션에 찍는 목적지는 낯선 동네였다. 이 도시에서 태어나 쭉 살았는데도 처음 보는 지명이었다. 꽤 먼 곳으로 가려나 했는데 의외로 목적지까지 20분 소요 예정이라는 안내 음성이 나왔다.

"미용실 옮겼어?"

"얼마 전에."

고개를 돌리자 운전석에 앉은 지윤의 머리가 굳이 미용실에 갈 필요 없이 잘 손질되어 있는 것이 보였다. 내 시선을 느꼈는지 지윤이 어색하게 웃었다. 그럴 생각은 아니었는데 퉁명스러운 목소리가 튀어나왔다.

"같이 하러 가자는 게 아니라, 내 머리를 하러 가자는 거였어?"

소은 님은 급발진하는 경향이 있으시잖아요. 회사를

함께 창업했던 이들 중 하나가 나에게 그렇게 말했었다. 제가요? 제가 급발진을 한다고요? 봐요, 지금도. 표정도 못 숨기고.

"소은아."

전에는 들어본 적 없는 은밀한 목소리로, 지윤이 이어 말했다.

"이상하게 생각하지 말고 들어봐."

그런 말을 들으면 아무래도 이상한 쪽으로 생각할 수밖에 없지 않을까. 신호등이 정지신호로 바뀌었다. 정지선에 맞춰 부드럽게 차를 멈춰 세운 지윤이 말했다.

"나 결국 만났다."

뭘? 사이비종교 교주를? 다이아몬드 스타로 만들어주겠다는 다단계 사기꾼을? 소은 님이 은근 부정적이잖아. 최악의 상상, 이런 거 맨날 하고. 그러니까 편두통이 안 생기고 배겨? 나는 머릿속에서 떠드는 과거의 동료들을 몰아내기 위해 양손으로 관자놀이를 문질렀다.

"초능력자."

"무슨 소리야, 미용실 간다며."

"그래, 그 사람이 거기 있어."

"너 미쳤어? 지금 친구를 수상한 사람한테 팔아넘기겠다는 거야?"

"수상한 사람이 아니라니까."

"야, 김지윤!"

"나 한 번만 믿어줘. 진짜 초능력자야. 샴푸의 요정."

신호등이 녹색으로 바뀌었다. 지윤은 이런 상황에서도 급발진하지 않고 서서히 액셀을 밟았다. 소은 님은 결단력을 좀 키워야 해. 너무 우유부단하다니까. 아무래도 그 조언은 받아들여야 했던 것 같다. 지윤에게 진지하게 화를 낼지, 달리는 차에서 뛰어내리기라도 해야 할지 고민하는 사이 차는 착실히 목적지에 가까워지고 있었다. '힐링~ 헤어숍... 샴푸의 요정'으로. 나는 내비게이션 화면 속 점점 줄어드는 남은 거리를 바라보다가 피식 웃어버렸다. 지윤의 '만인초능력자설'이 떠오른 것이다.

지윤이 '만인초능력자설'을 처음 이야기한 건 고등학교 2학년 때였다. 독서실 건물 1층 편의점에서 삼각김밥과 컵라면을 먹다 말고 지윤이 불쑥 말했다.

"학교에서 다큐멘터리를 하나 봤는데."

"그런데?"

"아무래도 세상엔 초능력자가 존재하는 것 같아."

"갑자기?"

지윤이 본 다큐멘터리는 이런 내용이었다. 사람은 모두 잠재력을 갖고 태어나는데, 그 잠재력이 발휘될 수 있는 환경을 만나는 것은 쉬운 일이 아니라는 것. 어떤 소년은 스키 선수가 될 잠재력이 있지만, 평생 눈이 내리지 않는 나라의 가난한 집에서 태어났기 때문에 스키가 무엇인지 알지 못한다. 또 다른 소녀는 우주비행사가 될 잠재력이 있지만, 안타깝게도 17세기의 사람이다. 그런 식의 이야기가 이어진 뒤에는 올림픽 금메달리스트나 세계적인 프로게이머, 수학자, 발명가 등의 인터뷰가 이어진다. 엄청난 노력인가, 기적적인 운인가. 타고난 재능인가, 갈고닦은 실력인가. 다큐멘터리를 다 보고 난 뒤에는 선생님이 각자의 생각을 적으라는 작문 숙제를 내주셨다는데……

"그걸 보고…… 초능력자가 있는 것 같다고?"

"생각해봐, 소은아. 네가 이 시대 이 나라에, 그것도 바로 너로 태어난 거. 그게 얼마나 굉장한 확률적 우연이 겹쳐야 가능한 일인지. 모든 사람이 바로 그 자리에 그 사람으로 태어난 이유가 있지 않을까. 분명 너한테도 잠재력이 있을 거야. 예를 들면, 봐봐."

지윤이 내 손에 들린 나무젓가락을 가리켰다. 컵라면 면발이 걸려 있는.

"너는 항상 나무젓가락을 깔끔하게 쪼개잖아."

"그게 초능력이라고?"

"난 안 되는데 넌 되잖아."

지윤의 나무젓가락 두 짝은 잘못 쪼개서 길이가 제각각이었다.

"이런 게 초능력이라고?"

"초능력이 뭐 다른 거니. 너만 할 수 있는 거면 그게 네 초능력이지."

나는 피식 웃었다. 가을이었다. 곧 겨울이 오고 해가 바뀌면 우린 수험생이 될 예정이었다. 굳이 몇 달 뒤를 기다리지 않더라도 벌써 예비 수험생이라며 은근한 압박이 들어왔다. 평소처럼 밥을 먹다가도 뇌 건강에 좋은 반찬을 먹으라는 말을 듣고, 주말에 TV라도 보고 있으면 이러고 있을 때가 아니라는 잔소리가 날아왔다. 고3 되면 다들 조금씩 미친다더니, 지윤이가 빨리도 미쳐버렸구나. 쟤네 학교가 성적 관리 빡세다더니, 저런 쓸데없는 생각에라도 몰두하지 않으면 견딜 수가 없나 보다. 나는 그렇게 생각하며 그저 웃어주었다.

'힐링~ 헤어숍... 샴푸의 요정'은 요즘 보기 드문 단층 상가에 있었다. 가게 앞에 딱 한 자리 차를 세울 수 있는 주차라인이 그어져 있었고, 양옆으로 세탁소와 헌책방이 있었다. 마치 한 30년 전, 1990년대 같은 풍경이었다.

지윤이 능숙하게 주차를 마치고 먼저 차에서 내렸다. 나는 크게 심호흡을 했다. 머릿속에서 제일 얄미운 말투의 동료가 떠나지 않고 떠들었다. 소은 님은 결단력을 키울 필요가 있어요. 진정한 도전 정신이 뭐라고 생각해요? 아이씨. 몰라요.

미용실은 사람이 아무도 없다는 것 빼고는 평범해 보였다. 손님을 한 명씩만 받는지 벽에 걸린 거울도 그 앞에 놓인 미용실용 의자도 하나뿐이었다. 지윤은 다른 손님은 물론 주인도 보이지 않는 텅 빈 미용실 안으로 자기 집인 양 성큼성큼 들어갔다. 나도 그 뒤를 엉거주춤 따라갔다. 카운터 옆으로 3인용 소파와 둥근 테이블이 있었다. 지윤이 소파 왼쪽에 앉았다. 나도 약간 거리를 두고 그 옆에 앉았다.

"우리가 좀 일찍 도착했네. 잠깐만 기다리자. 3시로 예약했거든."

2시 59분이었다. 나는 내가 '만인초능력자설'을 기억해냈다는 티를 내기 위해 다소 연극적인 말투로 말했다.

"여기 사장님이 샴푸를 아주 잘하시나 봐? 거의 초능력 수준으로?"

지윤아, 네 방식의 농담을 내가 이해하지 못했구나. 아까는 괜히 정색해서 미안했다. 오랜만이라 내가 감을 잃었네. 그런 의미를 담기 위해 만면에 미소를 띤 나를 향해 지윤이 말했다.

"소은아, 초능력 수준이 아니라 진짜 초능력이라니까."

3시가 되었다. 딸랑, 하고 맑은 종소리와 함께 그녀가 나타났다. '힐링~ 헤어숍... 샴푸의 요정'의 사장이자 유일한 미용사. 지윤이 신봉해 마지않는 초능력자, 샴푸의 요정.

"제 말이 맞죠? 지윤 씨가 꼭 데려와야 할 친구가 있을 거라고 했잖아요. 어머, 머리 좀 봐. 얼른 샴푸부터 합시다."

나는 마법에라도 걸린 듯 스르륵 자리에서 일어났다. 그리고 그녀를 따라 '샴푸실'이라고 적힌 문을 열고 들어가 손짓하는 대로 자리에 앉았다. 1인용 가죽 소파에 앉자 그녀는 내가 편안하게 누울 수 있도록 각도를 조절

해주었다. 뒤로 젖힌 머리가 소파 끝에 있는 작은 세면대 안으로 쏙 들어갔다.

"긴장 푸시고 편안히 기대세요."

그녀의 말대로 머리부터 발끝까지 편안하게 힘을 풀고 몸을 기대자 폭신한 수건이 눈을 덮었다. 머리 위에서 물소리가 들려오더니 곧 체온보다 살짝 높은 온도의 미지근한 물이 머리카락과 두피를 적셨다. 이어서 은은한 꽃향기를 풍기는 샴푸가 거품으로 변하는 것이 느껴졌고, 세심한 손길이 적당한 압력으로 마사지를 시작했다.

"물 온도 어떠세요?"

"좋아요."

몸이 나른해지면서 졸음이 몰려왔다. 물소리 사이로 그녀의 나직한 목소리가 자장가처럼 들려왔다.

"미용실엔 얼마 만에 오신 거예요?"

"다섯…… 여섯 달 만인 거 같아요."

"그동안 바쁘고 피곤하셨군요. 잠을 잘 못 자면 머리에도 티가 나거든요. 두피가 건조하고, 흰머리도 늘고."

네, 그랬어요. 바쁘고, 피곤하고, 잠도 잘 못 자고⋯⋯ 그런 날들을 보냈어요. 화나고, 속상하고, 밉고, 괴롭기도 했어요. 어쩐지 눈물이 날 것 같았다. 수건으로 덮어두었으니 괜찮지 않을까. 흐르지 않을 정도로만 찔끔찔끔 울면 다 흡수되어서 티가 나지 않을지도 몰라. 그렇게 생각하다가 그만 까무룩 잠이 들어버렸다.

"천천히, 조심히 일어나세요."

그녀의 다정한 목소리와 함께 눈을 덮고 있던 수건이 치워졌다. 한참을 자고 일어난 것처럼 개운했는데, 샴푸실을 나와 시계를 보니 3시 7분이었다. 고작 7분밖에 지나지 않았다는 사실이 믿기지 않았다.

거울 앞에 놓인 미용실용 의자에 앉자 그녀가 커다란 드라이기 두 대를 양손에 나눠 들고 현란하게 몸을 움직이며 머리를 말려주었다. 젖은 머리카락이 뺨을 때리고, 사방으로 물방울이 튕겨나갔다.

"자, 이제 어떻게 해드릴까요?"

머리하러 가자는 지윤의 전화를 받았을 때만 해도 화려한 색으로 염색을 하거나 빠글빠글하게 파마를 하려고 했다. 확 쇼트커트로 잘라버릴까도 싶었다. 어쨌거나 지금과는 전혀 다르게 바꾸고 싶었다. 그런데 막상 그녀의 질문을 듣자 바꾸고 싶지 않다는 생각이 들었다. 서비스로 영양 에센스라도 발라준 걸까. 부스스했던 머릿결이 차분했다. 어중간하다고 생각했던 길이도, 염색 머리와 층이 난 듯이 새로 자란 정수리 부분도 나쁘지 않게 보였다.

"조금만 다듬어주세요."

"그럴게요."

그녀는 신중하게 내 머리카락을 갈래갈래 나누어 집게로 고정하고는 조금씩 붙잡고 가위로 자르기 시작했다. 귓속으로 파고드는 사각사각 소리에 발가락 끝이 간지러웠다. 그런 내 모습을 흐뭇하게 바라보는 지윤의 얼굴이 거울에 비쳐 보였다. 지윤아, 너도 초능력자였구나. 네 초능력에 기대어 살면서도 내가 그걸 몰랐네.

"어떠세요? 마음에 드세요?"

"네, 마음에 들어요."

정말, 거울 속 내 모습은 꽤 마음에 들었다. 목에 둘렀던 커트보가 걷히고, 자리에서 일어서자 몸이 가뿐했다.

카운터에서 계산을 하려는데 지윤이 먼저 카드를 내밀었다. 자기가 오자고 했으니 자기가 끝까지 책임지겠다면서. 괜찮다고 말하면서 나도 얼른 카드를 내밀었다. 그녀, 샴푸의 요정이 우리 둘을 번갈아 보더니, 지윤의 카드를 받아 들었다. 소은 씨도 머리해야 하는 친구 데려오세요. 꼭 데려와야 할 친구가 있을 거예요. 그녀의 그 말은 이상하게도 귀가 아닌 마음으로 들은 것 같다.

양 치과의원의 비밀

양 치과의원의 원장 양소정은 양심적인 의사로 유명하다. 그리고 양심적이라는 이유로 유명해질 수 있다는 사실을 수치스럽게 생각한다.

비양심적인 의료 행위를 하는 동료들이 부끄럽습니다.

양소정은 그런 글을 쓴 적이 있다. 치과의사들이 모이는 온라인커뮤니티의 익명 게시판에 썼다. 글쓴이의 이름이 밝혀지는 자유 게시판이 아니라 신분을 감추고 글을 쓰는 익명 게시판에 그 글을 썼다는 사실이 또한 양소정을 부끄럽게 한다.

양소정은 그런 사람. 뻔뻔스럽게는 살 수가 없는 사람.

모르는 척, 아닌 척, 없는 척을 하면 알레르기라도 가진 것처럼 온몸에 오소소 소름이 돋는 사람. 그렇게 사느니 피가 날 때까지 자신을 박박 긁고 싶어지는 사람이다.

그런 사람인 것과는 상관없이, 양소정 원장은 무뚝뚝하다. 친절하고 상냥하면서 양심적일 수도 있을 텐데, 아쉽게도 그렇지는 못하다. 개원 때부터 함께해온 윤선영 간호사는 양소정 원장에게 딱 한마디가 부족하다고 잔소리를 하곤 했다. 많이 불편하셨지요. 큰일은 아닙니다. 걱정하지 않으셔도 됩니다. 이제 괜찮을 겁니다. 그런 말들을 더도 말고 덜도 말고 딱 한마디만 덧붙여달라고. 하지만 양소정 원장은 거절한다. 자신은 환자들에게 꼭 필요한 말만 하겠다고, 치과의사는 치아와 구강건강을 살피는 사람이지 환자의 마음을 달래주는 사람이 아니라고. 때문에 양소정 원장의 별명은 로봇이다.

의사 선생님이 꼼꼼하셔서 좋긴 한데 좀 로봇 같아요.

환자의 짧은 후기엔 '좋아요'가 꽤 많이 찍혔다. 접수대에 앉은 윤선영 간호사는 진료실의 양소정 원장이 들을 수 있게, 충분히 목소리를 높여 혼잣말을 한다.

"이게 무슨 소리람, 우리 원장님보단 로봇이 훨씬 더 친절하지."

어쨌거나 양소정 원장이 환자에게 하는 말은 달라지지 않는다. 환자의 현재 상태에 대한 진단, 그에 이르게 된 원인을 파악하기 위한 질문, 할 수 있는 치료 방법들과 그중에서 가장 효과적인 것. 그리고 환자에게 고민하고 선택할 시간을 준 뒤에 시술에 걸리는 예상 시간과 비용을 말한다.

양소정 원장은 자신이 치과의사라는 것에 자부심을 갖고 있다. 치과만큼이나 환부를 속속들이 들여다볼 수 있는 과는 없다. 망가지고 상한 것, 깨지고 부서진 것을 눈으로 곧바로 볼 수 있다. 잇몸에 가려진 뿌리도 엑스레이 한 번이면 다 드러난다. 게다가 의사가 볼 수 있는 만큼 환자도 볼 수 있으니 서로 의심하거나 속이지 않아도 된다. 이처럼 솔직할 수 있는 직업인데 그렇지 않은 사람들은 도대체 뭐가 문제인 걸까. 양소정 원장은 어리둥절하다.

"많이 아플까요?"

자주 듣는 질문이다. 양소정 원장은 고심한다. 이 환
자는 신경치료를 해야 한다. 충치균이 치아 뿌리 깊숙한
곳까지 뻗쳤다. 충치균이 잠식한 치아를 깎고 갈고 파낸
다음 잇몸의 신경을 마비시켜야 한다. 그 과정은 당연히
통증을 동반할 것이다. 하지만 그것이 '많이' 아픈 것일
까. 지금도 환자는 퉁퉁 부은 잇몸 때문에 시원한 물 한
모금에도 심한 통증을 느낀다. 부드러운 카스텔라를 씹
더라도 저릿한 감각에 몸서리칠 것이다. 이미 아픈 사람
이 그만 아프기 위해 잠시 아픈 상태를 견디는 것을 과
연 많이 아픈 것이라고 할 수 있는지……. 거기까지 생
각하는 데에 1초 정도 걸렸다. 양소정 원장은 덤덤히 대
꾸한다.

"네."

환자는 의사의 단언에 깜짝 놀란다. 무엇보다 더 이상
의 말이 없다는 것이 환자를 더욱 두렵게 한다. 환자는

진료 의자에 누워 있다. 입에 맞추어 둥근 구멍이 뚫린 초록색 천이 얼굴을 덮고 있다. 눈을 뜨고 있어도 상관없겠지만 어쩐지 꼭 감고 있다. 감은 눈꺼풀 위로 양소정 원장의 것일 그림자가 드리웠다가 사라진다. 환자는 지금까지 다른 치과에서 진료를 받을 때 으레 들어왔던 말들이 나오기를 기다리지만 양소정 원장은 달그락달그락 시술 도구들을 살필 뿐이다. 금방 끝날 겁니다. 움직이시면 안 됩니다. 많이 아프시면 오른손을 드세요. 그런 말들조차 없이 그저 도구들이 잘각거리는 소리만. 그래, 어차피 그런 말들이 아픔을 줄여주진 않았다. 환자는 애써 생각한다. 양 치과의원은 회사 동료의 추천으로 찾아왔다. 과잉 진료가 없어 비용이 저렴하고 원장님이 솜씨가 좋고 세심하여 치료를 받고 나면 개운한 느낌이 든다고 했다. 그 말을 믿고 버스로 한 시간 거리에 있는 양 치과의원에 오기 위해 휴가까지 냈다. 그러니까 괜찮겠지. 많이 아프더라도……

"그럼 시작하겠습니다."

양소정 원장의 목소리와 함께 우웅, 위잉, 지잉, 모터가 돌아가는 소리가 들려온다. 금방 끝나니까 움직이시면 안 돼요. 양소정 원장을 보조하는 치위생사 고유진이 환자의 귓가에 속삭인다. 환자는 자신의 입안에서 곧 벌어질 일에 대해 상상한다. 날카롭고 무시무시한 주삿바늘과 뾰족하고 강력한 드릴과 피를 흘릴 잇몸, 혹시라도 성급한 호기심으로 움직인 자신의 혀가 어떤 도구에 잘못 걸려 찢길 위험까지도. 그 모든 과정에 따라올 고통을 예감한 몸이 긴장으로 움츠러든다. 어깨가 굳고 발끝이 간지러워진다. 두 손은 간절한 기도라도 하듯 절로 맞잡게 된다.

그리고 바로 그때, 내가 등장하는 것이다.

환자는 별다른 설명 없이도 자신의 배 위에 얹힌 푹신한 내 몸을 자연스럽게 끌어안는다. 나는 양 치과의원의 마스코트, 양 인형이다. 둥근 공 모양의 몸통이 복슬복슬한 털로 뒤덮여 있다. 물론 진짜 양모는 아니고 합성섬유인 폴리에스테르이지만, 그래도 꽤 그럴싸한 보드라운 촉감을 선사한다. 게다가 나에게는 특별한 능력이 있다. 첫 번째로 사람들의 속마음을 알 수 있다. 양 치과의원에 발을 들인 사람이라면 누구든. 두 번째로 사람들의 불안을 덜어주고 마음을 안정시켜준다. 나를 품에 안기만 하면 된다. 세 번째는 뭘까. 아직까진 두 번째 능력까지만 확인했으나 나는 나에게 더 많은 능력이 있을 거라고 믿는다.

나는 양소정 원장의 조카인 해림이 양 치과의원의 개원을 축하하며 건넨 선물이다. 양소정 원장의 언니인 양희정은 여섯 살 해림과 함께 대형마트에서 장을 보다가 나를 발견했다. 아니, 그건 발견이라기보단 목격이었다. 진열대에 놓인 제각각의 인형들을 눈으로 훑다가 그 시선 끝에 내가 닿았을 때 문득 "양이네" 하고 말했을 뿐이니까.

하지만 해림은 분명하게 나를 발견했다. 그 애는 양희정의 소매를 당기고, 다리에 매달리고, 끈질기게 칭얼거리면서 나를 원했다. 양희정은 이미 해림이 가지고 있는 다양한 인형들의 목록을 읊으며 해림을 말렸다. 개, 고양이, 토끼, 곰, 사슴, 기린, 코끼리, 다람쥐, 고래, 돌고래 등등. 어쩌다 아직 양이 없었나 싶게 다양한 동물 인형들이 이미 해림의 침대 위를 가득 채우고 있었다. 하지만 해림은 단호하게 말했다. "저 양을 이모에게 줄 거야"라고.

　해림은 영특하고 재치 있는 어린이다. 양소정 원장의 성인 '양'을 땄을 뿐인 병원 이름이 시시해지지 않은 건 해림이 나를 마스코트로 추천한 덕분이다. 물론 당신도 예상했겠지만 양소정 원장은 간판에 내 얼굴을 그려 넣는다거나 하진 않았다. 병원 홈페이지나 양소정 원장의 명함에 내 모습이 들어가는 일도 없었다. 그러니까 엄밀히 말하자면 나는 비밀 마스코트였다. 아는 사람만 아는, 그래서 다른 사람들은 무심히 지나치는 '양 치과의원'이라는 간판을 볼 때마다 털이 복슬복슬한 동물을 잠시 떠올리고 슬쩍 미소 짓게 하는, 작은 비밀. 처음엔 양소정 원장과 해림만의 비밀이었는데, 어느덧 열다섯 살이 된 해림이 병원을 방문할 때마다 나를 찾은 덕분에 이제는 윤선영 간호사와 고유진 치위생사도 이 비밀에 합류했다. 그리고 이제 당신도.

"끝났습니다."

환자는 나의 특별한 능력 덕분에 편안하게 시술을 마쳤다. 양소정 원장은 환자의 얼굴에서 초록 천을 걷어내기 전에 슬쩍 눈짓을 한다. 고유진 치위생사는 재빨리 나를 환자에게서 떼어내어 원래 있던 자리, 양소정 원장의 책상 뒤편 장식장에 올려둔다. 환자는 미지근한 물로 입안을 헹구고 티슈로 입가를 닦는다. 그리고 방금까지 자신이 끌어안고 있던 나에 대해서는 까맣게 잊은 채로 진료실 밖으로 나선다. 나는 환자의 손에 눌려 납작해졌던 몸 안의 솜이 내 몫을 해냈다는 뿌듯함으로 다시 둥실둥실 부푸는 것을 느낀다.

"덜 아프게 해주세요."

그것은 해림이 나에게 걸어둔 주문. 또한 간절한 부탁

이다.

여섯 살 해림은 치과가 어떤 곳인지 잘 알았다. 달콤한 사탕과 초콜릿이 해림의 유치에 달라붙어 충치균을 끌어들였을 때, 해림은 엄마의 손에 이끌려 치과를 찾았고 곧 제 몸에 비해 너무 커서 거대하게까지 느껴지는 의자에 눕혀졌다. 딸깍 소리와 함께 해림의 입안을 훤히 들여다보기 위한 보조등이 켜졌다. 눈이 부셔서 잠깐 눈을 감았다가 떴을 땐 어느새 초록색 천이 얼굴을 덮고 있었다. 곧이어 처음 듣는, 그러나 분명 두려운 일을 벌이려는 기계 소리가 들려왔다.

지금 무슨 일이 벌어지고 있는 거지? 묻고 싶었지만 뭔가가 해림의 혀를 누르고 입을 고정시키고 있었다. 나중에 엄마에게 듣기로, 그날 해림은 어떤 치료도 받지 않았다. 그저 아주 작은 거울이 해림의 어금니 안쪽을 비추기 위해 입안으로 들어왔을 뿐이었다. 하지만 치경의 차가운 촉감은 해림에게 고통으로 느껴졌다. 이해하지 못하는 고통만큼 괴로운 게 있을까. 그날 해림은 고통에서 벗어나기 위해 몸부림을 치다가 발로 트레이를 걷어찼다.

와장창 소리를 내며 바닥으로 떨어지던 무서운 것들. 해림은 울면서 원망했다. 너무 밉다고, 너무 싫다고 소리 쳤다. 그 뜨거운 마음이 시간이 지나도 잊히지 않고 생생 했다. 그런데 자신의 사랑하는 이모가 바로 그런 일을 하는 사람이라니. 치과의사라니. 아픔으로 아픔을 치료해야 하는 사람이라니.

그러니 덜 아프게 해달라는 해림의 바람은 환자를 향한 것이면서 또한 양소정 원장을 위한 것이다. 그나저나 해림은 정말 영특하다. 안 아프게 해달라고는 하지 않았으니. 불가능한 것을 가늠할 줄도 안다는 뜻이다. 가능한 것 중 제일 좋은 것을 바라는 만큼의 욕심이 소원을 이루는 가장 기본적인 조건이라는 걸 어떻게 알았을까.

치과의사의 진료실에 책상이 있는 건 드문 일이다. 대부분의 치과의사들은 환자가 누워 있는 진료 의자 주변에서 모든 일을 한다. 차트를 확인하고, 작성하고, 엑스레이도 살펴보고, 환자와 문진도 하기 때문에 책상이 딱히 필요하지 않다. 하지만 양소정 원장은 진료실 한쪽에 커다란 책상을 두었다. 병원 진료가 모두 끝난 저녁, 윤선영 간호사와 고유진 치위생사가 퇴근하고 나면 양소정 원장은 그 책상에 앉아 매일의 진료 일기를 쓴다.

양소정 원장의 진료 일기는 진료기록과는 다르다. 어떤 환자에게 어떤 시술을 했는지는 상세히 적지 않는다. 그저 치과의사로서 자신이 하루 동안 느낀 점을 적는다. 나는 책상 뒤편의 장식장에 앉아 양소정 원장이 쓰는 진료 일기를 훔쳐보는 것을 좋아한다.

그 내용은 이런 식이다.

어금니 부근에 마취를 할 때는 어느 쪽이든 치경을 왼손에, 주사기를 오른손에 쥐는 것보다 그 반대가 낫다는 걸 다시 확인했다. 습관을 바꾸는 게 좋겠다.

A 브랜드의 설압자가 마음에 든다. 기존에 쓰던 C 브랜드보다 나뭇결이 훨씬 부드럽다. 냄새도 없다. 가격이 조금 더 비싸지만 큰 차이는 아니다.

칫솔이나 치약을 추천해달라는 환자만큼이나 치실을 추천해달라는 환자가 늘었다. 좋은 일이다. 그런데 내가 아니라 윤선영 선생님에게 묻는다. 윤선영 선생님은 이것저것 써보고 마음에 드는 걸 계속 쓰라고 대답한다. 치실은 취향을 탄다면서.

양 치과의원의 진료 시간은 월요일부터 금요일까지는 오전 9시부터 저녁 6시, 점심시간은 낮 1시부터 2시까지다. 토요일은 점심시간 없이 오전 9시부터 오후 1시까지 진료한다. 토요일 진료가 끝난 뒤, 진료실에 남아 일기를 다 쓰고 나면 양소정 원장은 나를 조심히 집어 든다. 그리고 챙겨온 가방에 집어넣는다. 가방은 내 몸에 딱 맞다. 그럴 수밖에. 그 가방은 내가 양 치과의원과 양소정

원장의 집을 오갈 때만 쓰이는 것이다.

진료를 마치고 그날의 진료 일기까지 쓰고 나면 양소정 원장은 가벼운 발걸음으로 퇴근한다. 그리고 집에 돌아오면 제일 먼저 욕조에 미지근한 물을 받아 세제를 풀고 나를 푹 담근다. 양소정 원장은 꾹꾹 누르고 살살 비벼가며 나를 정성스럽게 세탁한 다음 깨끗한 물로 여러 번 헹궈낸다. 나는 충분히 세탁기에 들어갈 수 있는 크기인데도 양소정 원장은 항상 손세탁을 한다.

나는 원래도 양소정 원장을 좋아하지만 이런 점이 특히 더 마음에 든다. 그가 자신을 부끄러워하지 않는 사람이라는 것, 직업에 애정과 자부심을 가지고 있다는 것, 약간의 쓸데없는 고집과 꼭 지키는 규칙들이 있다는 것.

나는 건조기 안에서 따끈하게 말려지면서 생각한다. 양소정 원장, 당신이 좋아요. 수줍음 많은 양소정 원장이 내 마음을 들을 수 없어서 얼마나 다행인가. 만약 내 마음이 들린다면 양소정 원장은 나를 보이지 않는 어딘가에 깊숙이 숨겨둘지도 모른다. 윤선영 간호사의 다정한 눈빛이나 고유진 치위생사의 존경심을 모른 척하듯이.

하지만 양소정 원장은 내 마음을 듣지 못하고 월요일 아침이 되면 나는 무사히 양 치과의원으로 양소정 원장과 함께 출근할 것이다. 언제든 납작해질 준비를 마치고, 또한 언제나 다시 둥실둥실 부푸는 비밀을 품은 채.

빅토리아 케이크

어, 그거 새로 생긴 카페에서 팔아요.

등 뒤에서 들린 목소리에 얼른 노트북부터 덮었다. 너무 부자연스러웠나 싶어 원래부터 그러려고 했다는 듯이 노트북 겉면을 닦는 척했다. 내가 그러거나 말거나 김대리는 주절주절 말을 이었다.

길 건너편에 새로 생긴 카페 있잖아요. 신호등 지나서 생선구이집 옆에, 원래 옷 가게였던 자리. 저번에 회식 가던 길에 공사하는 거 보면서 뭐가 생기려나 다들 궁금해했었잖아. 거기가 카페가 됐더라고요. 아까 보니까 그 카페 앞에 사람들이 막 줄까지 섰어. 뭐가 그렇게 유명한

가, 기웃거려봤더니 케이크 전문점이래. 줄 서 있는 사람한테 물어봤죠. 무슨 케이크 사려는 거냐고. 그랬더니 다들 그거래.

빅토리아 케이크.

다 봤구나. 나도 모르게 체념의 한숨이 흘러나왔다. 역시나 그러거나 말거나 오지랖이 넓은 김 대리는 빅토리아 케이크 사진은 왜 들여다보고 있었느냐고, 오늘 무슨 좋은 날이냐며 꼬치꼬치 캐물었다. 김 대리의 레이더망에 걸리면 듣고 싶은 대답을 해줄 때까지 귀찮게 굴게 마련이라 대충 어머니 생신이라고 둘러대고 자리에서 일어섰다.

어머니가 그걸 드시고 싶으시대? 참 세련되시다.

촌스러운 우리 엄마는 케이크 같은 건 너무 달아서 싫어한다. 작년 생신에도 백설기 쌓아 만든 떡케이크 해드렸더니 나이 먹는 게 뭐 대단한 일이라고 떡까지 맞췄느냐 타박했다. 올해 생신에는 한정식집 갔더니 비싸기만 하고 반찬이 죄다 입맛에 안 맞는다고 툴툴거렸다. 내년

엔 용돈이나 더 달라고 했다. 내가 용돈 안 준 것도 아닌데. 떡케이크에도 비닐에 넣은 지폐를 돌돌 말아 빙 둘러 줬고, 한정식집에서도 비단 봉투에 빳빳한 지폐 넣어 건넸건만. 5만 원짜리가 아니라 만 원짜리로 줘서 그런가? 그런다고 금액이 달라질 수는 없으니 모양만 초라해졌을 텐데. 내가 하는 일은 죄다 성에 안 차는 엄마를 생각하자 머리가 지끈거렸다.

　―왜 대답이 없어?

　―어떻게 할 거야?

　―바빠?

　사무실에서 나와서 라운지 소파에 자리를 잡고 노트북을 다시 열자 승아의 메시지가 와르르 몰려들었다. 여러 회사 사람들과 개인 작업자들까지 오가는 공유 오피스의 라운지는 오늘따라 더 어수선했다. 나는 최대한 업무 메일을 처리하는 척, 심각한 표정으로 미간까지 구겨가며 타이핑을 했다.

　―잠깐 전화가 와서.

─그래서 어떻게 할 건데?

─내가 다 준비해놨지.

─정말?

─그럼. 너 그거 먹고 싶다고 계속 말했었잖아.

빅토리아 케이크. 승아는 몇 달 전부터 그 케이크에 꽂혀 있었다. 그랬던 것 같다. 맞겠지? 기억이 나는 듯도 하고 아닌 듯도 하고. 나는 승아에게 애교 부리는 고양이 이모티콘을 보내고서 김 대리 때문에 닫아두었던 '빅토리아 케이크'의 검색 결과 창을 다시 띄웠다.

이게 맛있을까? 두툼한 스펀지 시트 사이에 잼과 생크림을 얇게 바르고 맨 위에 딸기를 얹은 것이 일반적인 빅토리아 케이크의 모습인 듯했다. 내가 좋아하는 스타일의 케이크는 아니었다. 나는 티라미수 같은 무스케이크를 좋아했다. 빅토리아 케이크는 영 퍽퍽할 것 같았다. 영국 왕실의 빅토리아 여왕이 티타임에 즐겨 먹어서 유명해졌다는 설명을 읽고 있는데, 승아가 툭 한마디를 얹었다.

—그 케이크 잘하는 집 별로 없어서 예약해야 한다던데, 정말 미리 준비했나 보네.

　예약까지 해야 한다고? 뜨악했지만 이젠 밀어붙이는 수밖에 없었다. 공유 캘린더를 열어 오늘의 일정을 확인했다. 다행히 짧은 보고성 회의 하나만 마치면 별일 없을 것 같았다. 칼같이 퇴근하면 집에 가는 길에 어디서든 케이크 한 판 못 구하랴. 서울 시내에 카페며 베이커리가 얼마나 많은가. 백화점 지하라도 돌다 보면 어떻게든 되겠지. 하지만 그런 나의 안일한 계획을 비웃듯 승아가 비장의 무기를 꺼내 들었다.

　—다행이다. 이번에도 기념일 까먹었으면 나 정말 삐질 뻔. 사실 너희 회사 근처 레스토랑 예약해놨거든. 이따 퇴근하고 여기로 와.

　남은 방법은 하나뿐이었다. 김 대리가 말한 새로 생긴 카페의 빅토리아 케이크. 그걸 사는 수밖에 없었다. 이미 호기롭게 뱉어놓은 말은 주워 담을 수 없는 상황이었고,

시간이 절대적으로 부족했다. 김 대리에게 카페 이름을 물어보자 어쩐지 낯익은 상호가 돌아왔다.

그래, 소현 언니의 카페 이름이었다. 언니의 세례명과 본명을 조합해 만든 것이라 일반적인 단어가 아니었기 때문에 곧바로 소현 언니의 얼굴과 목소리가 떠올랐다. 나는 나도 모르게 진저리를 쳤다. 10년이 지났는데도 몸이 먼저 반응하는 것이 우습기도 했다. 그래도 설마 하는 마음에 인스타그램에서 카페 계정을 찾아보았다. 가장 처음 보인 건 블루베리를 올린 빅토리아 케이크를 들고 활짝 웃고 있는 소현 언니의 사진이었다.

으아아아, 소리라도 지르고 싶었다. 여자친구와 사귄 지 500일이 되는 날을 기념하기 위해 10년 전에 헤어진 전 여자친구의 카페에 가서 케이크를 사야 한다니. 게다가 그 전 여자친구와의 이별은 상대의 무책임한 잠수 이별이었단 말이다. 미친 거 아니야? 왜 하필 이 동네에서 카페를 하는 거야. 그것도 빅토리아 케이크가 주력 메뉴인 카페를. 이전엔 듣도 보도 못한 케이크라고 생각했는데 사실은 나만 몰랐던 거고 빅토리아 케이크가 한국인이 사랑하는 케이크 TOP3 중 하나이기라도 했던 말인가.

소리를 지르는 대신 죄 없는 머리카락만 한 움큼 쥐고 잡아당겼다. 신경성두통이 올 때면 하는 동작인데 제법 효과가 있었다. 두개골을 감싸고 있는 근육의 긴장을 이완시켜서 통증을 줄이는 원리라며 엄마가 알려준 방법이었다. 매일 아침 보는 생활 정보 프로그램에서 저명한 교수님으로부터 배웠다면서.

세상일엔 다 맞는 해법이 있게 마련이다. 모를 뿐이지. 모르니까 답답하고 속 터지고 괴로운 거지. 알면 그만이다. 아는 게 힘이다. 엄마는 항상 그렇게 잠언 같은 말을 하는 걸 즐겼다. 그런 말을 할 때면 세상사에 통달한 도인이라도 된 것처럼 느릿한 말투로 진중한 목소리를 냈다. 평생 고향인 전라남도 사투리를 썼으면서 그럴 땐 또 멀끔한 표준어를 구사했다.

엄마, 이럴 땐 어떻게 해야 해. 해법이 뭐야. 당장 전화를 걸어서 매달리고 싶었다. 하지만 그럴 수는 없었다.

엄마에게 당신이 딸의 절친한 친구로 알고 있는 승아는 딸의 연애 상대이며, 예전에 자주 어울리며 엄마에게도 꽤 살갑게 굴었던 친한 언니가 딸의 이전 연애 상대라는 것을…… 설명하는 상상만으로도 숨이 턱 막혔다. 무엇보다 엄마는 지금 태국에 있었다. 계 모임 친구들과 패키지여행을 간 지 이틀째였다. 고대하던 '왓 포 와불'을 보고 있을 엄마에게 이런 식으로 커밍아웃 할 수는 없었다.

나의 막막한 마음과는 상관없이 시간은 잘도 흘렀다. 나는 의미 없이 띄워놓은 메일 작성 창에 머릿속에 떠오르는 문장을 적어 넣었다.

10년 전에 3개월 사귄 여자친구의 얼굴을 단번에 알아볼 확률은?

그때 소현 언니는 스물다섯 살, 나는 스무 살이었다. 우리는 엘리제라는 레즈비언 클럽의 솔로 매칭 이벤트로 만났다. 언니는 내 나이를 듣고는 완전 아기라며 볼을 꼬집었고, 마음에 드는 여자 앞에서 멋있어 보이고 싶었던 나는 그게 못마땅하면서도 자꾸 실실 웃음이 났다. 그래, 그랬네. 이렇게 생생하네. 못 알아볼 수가 없겠네.

하지만 그건 그때의 내 모습, 그리고 우리의 모습이고. 이젠 10년이 지났지 않은가. 그동안 나는 살도 찌고, 스타일도 바뀌었다. 물론 나이도 들었고. 그때의 나를 알던 사람 누구든 길에서 스쳐 지나간다면 금방 알아채긴 힘들 것이다. 노랗게 탈색한 쇼트커트에 어정쩡한 펑크룩을 입던 빼빼 마른 스무 살 여자애가 출근하자마자 퇴근 시간만 기다리는 서른 살 직장인이 되었으리라고는. 그러니까, 인스타그램에서 본 소현 언니는 그때 그대로지만 나는 아니니까, 괜찮지 않을까? 그리고 결정적으로, 나 쌍꺼풀수술도 했잖아.

그래도 혹시 모르니까 마스크를 쓰자. 그래, 마스크를 쓰면 되겠네. 해법이 떠오르자 조금 안심이 되었다. 그보다 먼저 통과해야 할 관문도 같이 생각났다. 김 대리는 카페 앞에 줄이 길다고 했다. 승아도 빅토리아 케이크는 예약을 해야 한다고 했다. 기념일인데 조각 케이크 하나

달랑 들고 갈 수는 없지 않은가. 나는 카페의 인스타그램 계정으로 메시지를 보냈다. 오늘 저녁에 빅토리아 케이크 한 판 구매할 수 있을까요? 혹시나 싶은 마음에 자주 쓰는 계정이 아닌 우리 회사 광고에 댓글을 다는 용으로 만들어둔 다른 계정으로 보냈다. 답장이 금방 왔다.

　—예약은 안 받습니다. 매장에 오셔서 케이크가 남아 있으면 구매하실 수 있습니다.

　—지금은 바로 갈 수 있는데요, 미리 포장해주실 수는 없나요?

　—네, 죄송합니다.

　—그럼 지금 케이크가 있긴 한 거죠?

　—네, 지금은요.

　곧 회의에 들어가야 할 시각이었다. 매주 팀별로 대표님께 주간 업무 실적을 보고하는 정례 회의였다. 팀원들이 제출한 자료를 취합해 팀장님이 보고를 하는 30분가량의 회의. 다소 형식적인 시간이다. 오늘 회의에 굳이 내가 필요할까? 내 몫의 자료는 벌써 팀장님께 보냈고,

지난주 업무에 특이 사항은 없었다. 하지만 오늘 빅토리아 케이크를 사지 못한다면 승아는 나에게 실망할 것이고, 그 실망은 우리 사이를 돌이킬 수 없게 만들지도 모른다.

승아가 나에게 서운함을 느낀 지가 꽤 되었다는 걸 알고 있다. 얼마 전 술을 마시면서 승아는 나에게 사귀자고 했던 날을 이야기했다. 그때 너, 별로 좋아하는 것 같지 않더라? 이전에는 항상 고백을 받는 입장이어서 더 당황했다고 장난스럽게 덧붙였지만 나는 승아의 마음속에 여전히 남아 있는 불안을 느낄 수 있었다. 아니야, 너무 좋았지. 놀라서 바로 표현을 못 했을 뿐이야. 내 대답은 진실이었다. 나는 승아가 나를 좋아할 줄 몰랐다. 승아가 아니라 누구라도 나를 좋아하는 사람이 있을 거라고 생각할 수 없던 때였다. 승아가 나를 좋아해주어서, 나도 용기를 내어 승아를 좋아할 수 있었다.

승아를 괴롭히는 걱정 따위는 깨끗하게 없애주고 싶다. 여왕의 이름이 붙은 케이크를 가져다주면서 넌 나의 여왕이라고 뜨악한 농담도 해주고 싶다. 케이크에 초를 꽂고 함께 촛불을 불어 끈 뒤에 맛있는 저녁을 먹고, 느긋하게 산책을 하고 싶다. 손을 꼭 잡고 걸으며 이런저런 상점들을 구경하다가 포토 부스를 발견하면 똑같은 머리띠를 쓰고서 사진도 찍고.

나는 결연하게 자리에서 일어났다. 라운지 소파에 늘어진 사람들 사이를 지나 구부정하게 허리를 굽힌 채 사무실로 들어갔다. 회의 준비를 하는 팀원들이 보였다. 나는 누가 봐도 어딘가 탈이 난 사람의 걸음걸이로 팀장님께 다가갔다. 그리고 혼신의 꾀병 연기를 시작했다. 점심을 잘못 먹었는지, 속이 너무 울렁거리네요. 방금 화장실에 가서 토하고 왔는데 가라앉지도 않고…… 아무래도 약국에 좀 다녀와야 할 것 같습니다.

소현 언니의 카페 앞에는 대여섯 사람이 줄을 서 있었다. 나는 얼른 달려가 줄 끝에 섰다. 초조한 마음에 자꾸만 마스크를 고쳐 쓰면서 차례를 기다렸다. 이 초조함의

원인이 앞에 선 사람들이 남은 케이크를 다 사버릴까 봐 걱정해서인지, 곧 소현 언니를 마주해야 하기 때문인지 알 수 없었다. 아니, 알 수 없다는 건 수사적 표현일 뿐. 나는 알고 있었다. 둘 다였다.

한 사람, 한 사람, 착실하게 줄이 줄어들었다. 초콜릿 케이크, 치즈케이크, 당근케이크……. 빅토리아 케이크 말고도 카페에서 파는 케이크 종류가 많았다. 차례가 다 가올수록 입이 바싹 말랐다. 유리문 안으로 케이크 진열대를 힐끔거렸지만 잘 보이지 않았다.

소현 언니는 지금의 내 나이와 같은 서른 살에 지금 자리가 아닌 곳에서 카페를 열었다. 헤어지고 나서 몰래몰래 염탐하던 언니의 블로그에서 그 소식을 알게 되었다. 바리스타인 여자친구와 동업을 한다며, 카운터에 나란히 서서 찍은 사진까지 올렸다. 소현 언니처럼, 여자친구도 주변에 커밍아웃을 한 오픈리 레즈비언인 모양이었다.

나와 만났던 짧은 3개월의 시간 동안 소현 언니가 나에게 커밍아웃을 권유한 적은 한 번도 없었다. 하지만 나는 늘 쫓기는 듯한 마음이 들었다. 언니가 나를 자신의 부모님에게 여자친구로 소개하고 싶어 하는 것도, 레즈비언이 아닌 친구들과의 만남 자리에 함께 가자는 것도, 같이 찍은 사진을 메신저 프로필사진으로 등록하려는 것도, 모두 무서웠다. 레즈비언 클럽 앞의 골목길에서 키스를 하는 건 하나도 무섭지 않았는데, 언니 부모님이 챙겨주셨다는 비타민을 받는 건 무서웠다. 그래서 도망쳤다.

드디어 내 차례였다. 카페에 들어서자마자 케이크 진열대부터 살폈다. 빅토리아 케이크가 있었다. 한 판의 케이크에서 두 조각이 빠진 채로. 나는 주춤주춤 계산대로 다가갔다. 거기에 소현 언니가 있었다.

빅토리아 케이크, 포장하려고 하는데요.

혹시 아까 예약 문의하셨던 분이세요?

소현 언니가 계산대 아래쪽에서 케이크 상자를 꺼냈다. 원래는 안 되는데, 꼭 필요하신 것 같아 챙겨두었다면서. 대신 비밀로 해야 한다고 덧붙였다. 나는 몇 번이고 감사하다고 말하면서 케이크값을 계산했다.

초는 몇 개 드릴까요?

다섯 개요.

소현 언니가 다섯 개의 초가 든 종이봉투를 케이크 상자 옆면에 테이프로 붙여주었다. 계산을 마치고 케이크 상자를 들고 돌아서자 등 뒤에서 망설이는 듯한 목소리로 안녕히 가시라는 인사가 들려왔다. 내가 밀고 나온 카페 문이 닫히기 전에 한마디가 더 들린 것도 같았지만, 그 한마디가 내 이름인 것도 같았지만, 나는 돌아서지 않았다. 문밖에서 승아가 기다리고 있기라도 한 것처럼 발걸음이 가볍고 기꺼웠다.

디카페인 커피와 무알코올 맥주

미도와 서라는 공이의 주선으로 만났다. 둘이 잘 맞을 것 같아. 공이가 미도와 서라에게 각각 그렇게 말한 지 일주일도 지나지 않아서였다. 미도와 서라는 새로운 사람을 소개받고 싶은 생각이 전혀 없었고, 그것이 연애를 전제로 한 것이라면 더더욱 그러했으나 언제나 그래왔 듯 공이의 추진력에 떠밀려 서로의 연락처를 저장하고 메시지를 주고받았다.

안녕하세요, 미도입니다. 공이에게 소개받아 연락드 립니다. 네, 안녕하세요. 서라예요. 저도 공이에게 이야 기 들었어요. 두 사람은 그 뒤로 별말 없이 이틀을 보냈고, 공이가 너희 언제 만나기로 했느냐고 김빠지기 전에 얼른 약속을 잡으라고 닦달한 뒤에야 미적미적 만날 시각과 장소를 정했다.

토요일 오후 3시, 미도의 회사와 서라의 집이 가까운 거리에 있어서 둘 다 잘 아는 골목에서 만났다. 카페에서 대화를 나누다가 자리를 옮겨 이른 저녁을 먹고 헤어질 예정이었다. 둘이 의논해서 세운 계획은 아니었지만 둘 다 같은 생각이었다.

미도는 전날 회식을 했던 탓에 평소보다 늦잠을 잤다. 점심 약속을 하지 않은 것이 다행으로 느껴졌다. 뜨거운 물로 샤워를 하고 꼼꼼하게 보디로션을 발랐다. 젖은 머리카락을 말리는 사이, 늦가을의 건조한 공기에 입술이 당겨왔다. 한 번도 끝까지 다 써본 적 없이 매번 새로 사기만 하는 립밤이 대여섯 개는 될 텐데 막상 바르려고 찾으니 보이지 않았다. 급한 대로 수분 크림을 입술에 바르면서 투덜거렸다. 또 사야 되나, 그러면 꼭 어디서 튀어 나올 텐데. 집을 나서기 전 미도는 도서관에 반납해야 할 책을 챙겼다. 서라를 만나고 돌아오는 길에 무인 반납기에 넣을 생각이었다.

서라는 아침 일찍부터 바빴다. 몇 년간 꾸준히 활동한 배드민턴 동호회 회원들과 함께 지역의 동호회들이 모인 친선 대회에 참가했다. 단식은 16강에서 탈락했지만, 복식에서 4강까지 진출했다. 복식 파트너가 사주는 푸짐한 점심을 얻어먹고 나자 벌써 1시가 넘어 있었다. 부랴부랴 집으로 달려가 씻고 전날 챙겨두었던 원피스를 입었다. 다행히 대회가 열리는 체육관과 서라의 집, 미도와 만나기로 한 카페가 모두 가까운 거리에 있어 늦지 않을 수 있었다. 미도와의 만남을 다른 날로 정할 수도 있었지만, 하기 싫은 숙제처럼 마음 한구석을 불편하게 하는 이 만남을 얼른 끝내고 일요일엔 편히 쉬고 싶었다.

카페는 4인용 네모난 테이블 두 개와 2인용 둥근 테이블 두 개가 있는 아담한 크기였다. 다행히 4인용 테이블 하나만 비어 있었다. 미도와 서라는 너무 가까이 붙어 앉지 않아도 된다는 것에 안심했다. 두 사람은 엇갈리지 않고 마주 앉기 위해 서로가 어느 쪽 의자를 선택하는지 잠시 살핀 뒤에 자리에 앉았다. 미도는 의자 등받이에, 서라는 옆자리에 외투를 벗어두었다.

"여긴 테이블에서 주문하면 가져다줘요."

"좋네요. 저는 카운터에서 쟁반을 받아 올 때마다 그대로 엎지르는 상상을 하거든요."

"저도 그래요. 계단이라도 있는 곳은 더 불안하지 않아요? 다 깨버릴 것 같고."

점원이 한 장짜리 단출한 메뉴판을 가져다주었다. 커피 메뉴 몇 가지와 디저트로 치즈케이크, 아몬드쿠키가 적혀 있었다. 고르는 데에 시간이 오래 걸릴 메뉴들이 아니어서인지 점원은 카운터로 돌아가지 않고 테이블 옆에 서 있었다.

"따뜻한 라테에 샷 추가해주시고요, 쿠키 드실래요?"

"좋아요. 전 디카페인 아이스아메리카노요."

"아몬드쿠키 두 개도 주세요."

서라가 디카페인 아이스아메리카노를 주문할 때 미도는 언젠가 공이가 디카페인 커피는 가짜 커피라고 했던 말을 떠올렸다. 미도 역시 동의하는 바였다. 미도는 에스프레소 샷이 들어가는 커피 메뉴엔 항상 샷을 추가해 마셨다. 고용량의 카페인이 몸 안에 퍼질 때의 쩡한 감각을 좋아했다. 월요일 아침이나 기나긴 마라톤 회의 도중 또는 피할 수 없는 야근 때는 추가에 추가를 더해 각성을 부르는 묘약으로 쓰기도 했다. 미도에게 커피란 진할수록 좋은 것, 적어도 흐리멍덩해서는 안 되는 것이었다.

"혹시 커피 못 드세요? 커피 말고 차도 파는 곳에서 만날걸 그랬나 봐요."

"아니에요, 저 커피 좋아해요."

서라는 커피의 맛과 향을 좋아했다. 하지만 커피의 카페인에 약한 체질이라 커피 맛 우유 한 잔에도 심장이 시끄럽게 뛰었고, 커피 맛 사탕 하나만 먹어도 새벽까지 잠

들지 못하고 뒤척였다. 그런 서라에게 디카페인 커피의 존재는 구원과도 같았다. 미도와 만날 장소로 이 카페를 고른 것도 디카페인 커피가 맛있다는 이유가 컸다.

두 사람은 서로의 직장 이야기, 최근 본 영화와 책 이야기, 계절과 날씨에 대한 이야기를 하다가 결국은 공이의 이야기를 할 수밖에 없었다. 미도는 공이와 독서 모임에서 만났고, 서라는 공이와 대학 동창이었다.

"여기 아몬드쿠키를 공이도 엄청 좋아하거든요."

"그럴 것 같아요. 겉은 바삭하고 속은 촉촉하고 완전 공이 취향이네요."

카페 안을 흐르는 음악이 재즈에서 포크로 바뀌었다. 마침 서라가 그 가수의 콘서트에 다녀온 적이 있어서 화제가 자연스레 그쪽으로 넘어갔다. 미도는 콘서트에 한 번도 가본 적이 없다고 말했다. 음악을 듣는 건 좋아하지만 수많은 사람들과 한 공간에서 부대끼는 것은 꺼려진다고. 그래서 영화를 볼 때도 평일 오전에 조조영화를 보러 가곤 한다고. 서라는 야외 음악 페스티벌에 가서 모르는 사람들과 어깨동무를 하고 큰 소리로 노래를 따라 부르는 걸 좋아했다. 영화관에서는 가장 큰 상영관의 제일 중앙 자리를 고르곤 했다.

"오늘 점심에는 뭐 드셨어요?"

"늦게 일어나서 집에서 아침 겸으로 간단하게 먹었어요."

"그럼, 골라보세요. 화덕 피자와 파스타, 우동과 유부초밥, 수제 버거와 감자튀김."

곰곰이 고민하던 미도가 수제 버거와 감자튀김을 골랐다. 서라가 그럴 줄 알았다고, 미도의 회사가 근처라고 했으니 다른 두 식당은 가봤을 것 같았다고 말했다. 그러고는 수제 버거와 감자튀김, 생맥주를 파는 식당은 생긴 지 얼마 안 된 신상이라고 덧붙였다. 카페를 나와 걷는 동안 서라가 반걸음 정도 앞서 걸었다.

식당 문에는 브레이크 타임을 알리는 안내판이 걸려 있었다. 30분 정도 기다려야 했다. 미도가 옆 골목에 있는 선물 가게 이름을 말했다. 서라도 아는 곳이었다.

"다음 주가 공이 생일이잖아요. 나온 김에 선물을 미리 사둘까 해서요."

"저도 그래야겠어요. 거기 공이가 좋아할 만한 거 많이 팔아요."

선물 가게에 들어간 두 사람은 약속이라도 한 것처럼 서로 반대편으로 몸을 돌리고 진열된 물건들을 살폈다. 서라가 먼저 물건을 골라 계산하고 포장을 부탁했다. 빨간 바탕에 하얀 줄무늬가 있는 포장지에 하얀 리본이 묶였다. 서라는 빨간 종이 가방도 추가로 계산하고 포장된 선물을 담았다. 미도는 서라의 것보다 작은 물건을 계산하고 자신의 가방에 넣었다.

두 사람은 브레이크 타임이 끝난 식당에 첫 손님으로 들어갔다. 어둑한 실내는 미국식 다이너처럼 꾸며져 있었다. 입구에 서 있던 점원이 주문은 카운터에서 해달라고, 식기는 셀프라고 안내했다. 두 사람은 아까 카페에서

했던 이야기가 생각나서 서로를 마주 보고 웃었다. 미도가 허공에 쟁반을 엎지르는 시늉을 하자 서라가 소리 없는 비명을 질렀다.

"더블 치즈버거 하나랑 생맥주 한 잔 주시고요, 감자튀김은 나눠 먹을까요?"

"좋아요. 그럼 감자튀김은 큰 걸로 주시고, 저는 바비큐버거랑…… 알코올 없는 맥주도 있나요?"

점원이 미도에게 무알코올 맥주가 두 종류 있다고 말했다. 미도가 신중하게 둘 중 하나를 고르는 동안 서라는 언젠가 공이가 무알코올 맥주는 가짜 맥주라고 했던 말이 떠올라 몰래 웃었다.

서라에게 술은 차가운 생맥주가 제일이었다. 곁들이는 요리에 따라 화이트와인, 레드와인, 샴페인은 물론 과실주에 정종까지 찾아 마시는 술꾼들이 주변에 여럿 있었지만 서라는 올곧은 맥주파였다. 병맥주도 괜찮지만 이왕이면 생맥주가 좋았다. 이 식당을 고른 이유도 생맥주 기계의 관리가 잘되어 있어 맛이 좋다는 후기를 보았기 때문이었다. 토요일 저녁에 기름진 음식에 곁들이는 청량한 생맥주는 포기하기 어려운 유혹이었다.

미도는 첫 직장 입사를 환영하는 회식 때 자신의 주량과 주사를 알았다. 딱히 술을 좋아하지 않았던 데다가 운 좋게도 주변에 억지로 술을 권하는 사람도 없었던 터라 이전에는 주량 같은 걸 알 필요가 없었다.

소주 한 잔. 그것이 미도가 이성의 끈을 놓고 평소라면 목에 칼이 들어와도 하지 않을 말들을 신나게 쏟아내도록 만들었다. 그 모습을 목격한 사람들에게 부끄럽기도 했지만 스스로에게 통제할 수 없는 모습이 있다는 것이 무엇보다 싫었다. 그 뒤로 분위기를 맞춰야 하는 자리에서는 맥주를 절반 정도 따른 잔에 사이다를 섞어서 쪼아 먹듯 마셨다. 무알코올 맥주의 유행은 미도에게 반가운 일이었다.

"술 별로 안 좋아하세요? 그럼 저도 콜라 마셔도 되는데요."

"무알코올 맥주라고 해도 완전히 무는 아니고 약간은

들어 있대요. 저는 그 정도면 딱 좋더라고요."

딩동, 카운터에 설치된 전광판에 숫자 '001'이 떴다. 쟁반이 두 개여서 두 사람 모두 일어나 카운터로 갔다. 서라가 버거 두 개와 생맥주 잔이 담긴 쟁반을, 미도가 감자튀김과 맥주병과 유리잔이 담긴 쟁반을 들었다. 미도가 쟁반을 내려놓으려고 할 때, 맥주병과 유리잔이 달그락 부딪쳤지만 쓰러지진 않았다.

어느새 식당 안이 손님들로 가득 찼다. 활기찬 목소리들이 사방에서 들렸다. 서라와 미도도 아까보다 목소리를 높여서 대화했다. 한쪽 벽에 걸린 대형 TV에서 야구 경기가 중계되고 있었다. 서라는 어릴 때부터 온 가족이 함께 응원하던 팀이 있다고 했고, 미도는 야구 룰을 잘 모른다고 말했다.

서라는 운동 경기는 다 좋아한다. 특히 축구, 배구, 농구, 핸드볼처럼 팀으로 하는 구기종목은 언제 봐도 재미있다. 올림픽과 월드컵 시즌에는 시차가 크게 나더라도 꼭 중계방송을 챙겨 본다.

미도는 굳이 좋아하는 운동을 꼽자면 수영이라고 생각한다. 보는 것보다는 하는 쪽으로. 자주 하지도 잘하지도 못하지만 수영을 떠올리면 기분이 좋았고 언제든 해볼까 싶은 긍정적인 마음이 들었으니까. 진짜 하는 것과는 또 별개이지만.

두 사람은 식사를 마치고 저녁 7시에 헤어졌다.

"그럼 조심히 들어가시고, 다음에 공이랑 같이 한번 만나요."

"그래요, 공이하고 셋이 봐요."

그렇게 인사를 하고 각자의 갈 길을 향해 돌아서면서 아마도 서로를 다시 만날 일은 없지 않을까 하고 생각했다. 미도는 도서관에 들러 무인 반납기에 책을 반납하고 천변의 산책로를 따라 귀가했다. 서라는 편의점에서 캔맥주와 쥐포를 샀다. 집에 돌아와 야구 중계 재방송을 보며 먹었다.

그날 밤, 두 사람은 잠들기 전 문득 공이의 말을 떠올렸다. 둘이 잘 맞을 것 같다던 말을. 대체 어디가? 그런 의문 속에 서로와 함께 보낸 시간을 가만히 되새겨보았다. 공이가 오늘 일을 들으면 너희들 가짜 데이트를 했구나, 하고 말할 것 같았다. 피식, 웃음이 났다.

메타버스 학교에 간 스파이

1. 메타버스 학교의 탄생

  전염병의 기세가 도무지 꺾이지 않던 때였다. 대통령
선거에 출마한 한 후보가 '메타버스 학교'를 공약으로
내놓았다. 부동산, 일자리와 함께 교육 관련 공약은 선거
철마다 주요한 쟁점이었기 때문에 메타버스 학교는 온
국민이 주목하는 화제가 되었다. 그 후보는 가상 세계야
말로 최상의 교육 환경이라고 주장했다.
  "여러분, 한번 생각해보십시오. 아이들의 등하굣길에
얼마나 많은 위험이 도사리고 있습니까? 교통사고, 혐오

시설, 무수한 범죄로부터 메타버스는 안전합니다. 전용 기기로 접속만 하면 집이 곧 학교가 되니 불필요하게 낭비되는 시간도 없습니다. 당연히 전염병 걱정도 없습니다. 또한 메타버스 학교에는 어떤 제약도 경계도 없습니다. 숲속의 학교, 바닷가의 학교, 우주의 학교도 가능합니다. 그곳에서 우리 아이들이 무한히 누릴 수 있는 교육적 효과를 떠올려보십시오. 이 얼마나 멋집니까?"

다른 후보들은 속속 반대 입장을 발표했다.

"교육이 가상입니까? 교육은 현실입니다. 가뜩이나 전염병으로 비대면 수업이 계속되면서 교육의 질이 나빠지고 학업성취도가 떨어져서 대학 진학률에도 심각한 우려가 있는 상황입니다. 그런데 메타버스 학교라뇨? 어불성설입니다!"

"안정적으로 접속할 수 있는 시스템은 어떻게 구축할지 구체적인 방안은 고려해보셨습니까? 개인정보 보안은요? 메타버스 학교 학생들에게 필요한 장비 지원은 무슨 예산으로 하겠다는 겁니까? 인터넷 통신망 사용료는 무상 지원입니까?"

"학교는 물리적인 공간으로서 하는 역할이 분명히 있습니다. 메타버스 학교라는 궤변은 기존 학교 건물과 부지를 다른 용도로 사용하기 위한 음모가 분명합니다. 공공시설을 사유화하기 위한 사전 작업이 될 메타버스 학교 공약을 강력히 규탄합니다!"

전국의 학생들을 상대로 한 설문조사에서도 메타버스 학교에 대한 반응은 좋지 않았다. 특히 전염병 때문에 아직 자신이 다니는 학교에 추억이 별로 없는 초등학교 1학년, 중학교 1학년, 고등학교 1학년 학생들이 적극적으로 목소리를 냈다.

"화상수업도 답답한데 가상수업을 하라고요?"

"전 그냥 학교 가서 친구들하고 놀고 싶어요."

"지금도 같은 반 애들 얼굴 잘 모르는데 아바타로 학교를 다니면 친구는 어떻게 사귀어요?"

"매점 간식이 맛있다고 해서 기대했는데……. 메타버스에도 매점 있나요? 급식은요?"

모두가 메타버스 학교에 부정적이기만 한 건 아니었다. 학생 수가 적어 폐교 위기에 놓인 작은 분교에서는 메타버스 학교를 환영했다. 교통편이 좋지 않은 산간 지역 학생들도 집에서 먼 곳의 학교로 통학하거나 기숙사 생활을 하는 것보다는 가상 세계에 접속하는 게 더 낫다며 반겼다. 장애인과 비장애인이 일반 학교와 특수학교로 나뉘지 않고 함께 공부할 수 있어서 좋다는 의견도 있었다. 학생들이 아바타로 학교를 다니게 되면 학교폭력이 사라질 거라는 기대도 있었다. 하지만 신체적 폭력만이 아니라 정신적인 폭력이 가상 세계에서 더 심각하게 벌어질 거라는 우려의 목소리가 뒤를 이었다.

처음 메타버스 학교를 이야기했던 후보는 선거를 석 달 앞두고 열린 TV 토론회에서 반대 의견들을 반박했다. 먼저 시대의 변화에 발맞춰 교육의 방식도 바뀌는 것이 당연하다고 주장했다. 지금의 학교시설을 유지하는 데에 들어가는 비용을 메타버스 기기 보급과 무료 인터넷

망에 투자한다면 예산 부담도 적다고 했다. 메타버스 학교가 교육이 아니라 부동산을 위한 공약이라는 말은 절대 인정할 수 없다며, 오히려 학군의 개념이 사라져 집값이 안정화되고 교육의 평등이 보장될 거라고 목소리를 높였다.

다른 후보들은 저마다의 교육 공약을 내세우며 메타버스 학교보다 자신들의 공약이 나은 이유를 이야기했다. 하지만 메타버스 학교만큼 화젯거리가 될 만한 내용은 없었다. 토론회에 참석한 시민 방청객들은 메타버스 학교에 대해서만 질문을 이어갔다.

"학교에서 문제가 발생한다면 그 문제를 해결할 방법을 찾아야죠. 학교를 현실에서 없애면 문제도 같이 없어지나요?"

마이크를 잡은 사람은 학교에 다니지 않는 청소년이라고 자신을 소개했다. 그는 학교에는 장소 이상의 의미가 있다고 이야기했다. 떠나온 사람이기 때문에 더 정확히 이야기할 수 있다는 말로 입을 열었다. 학교는 아이들이 가장 안전하게 보호받는 최소한의 울타리이며, 또래 아이들과 최초의 경험을 공유하는 사회여야 한다고 이야기한 뒤, 자리에 앉기 전 한마디를 덧붙였다.

"제가 학교를 떠난 이유가 되었던 문제들이 메타버스 학교에서는 발생하지 않을 거란 생각은 들지 않네요."

현장뿐만 아니라 토론회 중계방송을 시청하고 있던 많은 사람들이 고개를 끄덕였다. 그들의 기억 속에는 학교에서 즐거웠던 순간만큼이나 괴로웠던 순간들이 남아 있었고, 그 괴로움은 학교 밖에서도 조금씩 달라진 모습으로 반복되었다. 모두 사람과 사람이 모인 곳이었기에 생겨난 일들이었다. 가상 세계라고 해도 다르리라 생각할 수가 없었다.

메타버스 학교 공약을 낸 후보는 급히 마이크를 잡았다.

"지금, 당장, 곧바로 메타버스 학교를 도입하자는 게 아닙니다. 당연히 시간과 노력을 들여서 부족한 점들을 보완해야죠. 우선 특별히 우수한 학생들을 선발해서 최고의 교육 환경을 제공하는 시범학교를 만드는 겁니다.

그러면 메타버스 학교가 얼마나 교육적인 효과가 있는지 검증할 수 있겠죠. 최상의 인재들이 배출될 거라고 자신합니다."

그러자 다른 후보가 재빨리 그를 비난했다.

"특별히 우수한 학생들을 선발한다고요? 교육의 차별, 불평등을 이렇게 대놓고 말씀하시다뇨? 정말 실망스럽습니다!"

토론자들이 또다시 메타버스 학교를 공격하는 데에 열을 올리기 시작했다. 방청객들은 제자리걸음만 하는 토론에 지쳐서 하품을 하거나 아예 눈을 감아버렸다. 토론회가 끝나고 쏟아진 뉴스 기사에서는 메타버스 학교가 공약을 내놓은 후보뿐만 아니라 모든 후보의 교육정책은 물론 경제, 복지, 사회윤리에 대한 관점을 드러내는 핵심적인 사안이라고 분석했다. 메타버스 학교를 만들수 있는 기술을 가졌다고 알려진 회사들의 주식이 크게 올랐다가 크게 떨어졌다.

대통령선거가 다가올수록 후보들은 메타버스 학교가 어떤 후보에게도 유리한 사안이 아니라는 걸 깨달았다. 공약으로 내세운 후보조차도 이렇게까지 주목을 받을 것이라고는 예측하지 못했다. 그저 미래적인 교육관을 가지고 있다는 이미지를 보여주고 싶었을 뿐이었다. 게다가 그는 메타버스가 정확히 어떤 개념인지도 알지 못했다. 피곤한 논란만 계속되고 아무런 이득이 없다고 판단한 그는 결국 메타버스 학교 공약을 철회했다. 그러자 다른 후보들도 기다렸다는 듯이 메타버스 학교는 물론 자신들의 교육정책에 대해서 더 이상 아무런 말도 하지 않았다. 선거의 화두는 부동산 정책으로 옮겨갔다.

메타버스 학교를 열심히 주장하다가 포기한 후보는 대통령선거에서 당선되지 않았다. 선거를 일주일 앞둔 시점까지는 지지율 2위를 기록했지만, 과거의 음주 운전 뺑소니 사실이 알려지며 여론이 나빠졌고 형편없는 득표율로 낙선했다.

그리고 새로운 대통령이 취임한 지 1년이 지난 어느

날, 학구열이 유독 높다고 알려진 한 도시에서 메타버스 학교 시범 운영이 스리슬쩍 시작되었다.

2. N-ING-S-S-P-001의 비밀

혜윤이 메타버스 학교에서 비밀 프로젝트가 진행되고 있다는 사실을 알게 된 건 조카 가영 때문이었다.

혜윤은 메타버스 학교 운영을 맡은 프로그램 개발사 대표의 비서였다. 최첨단 디지털 기술을 다루는 회사였지만 정작 대표는 지극히 아날로그적인 사람이었다. 회사의 모든 결재 서류는 전자문서 보고 시스템으로 처리되었는데, 최종 결재권자인 대표에게 와서는 전부 종이로 출력해야만 했다. 그 종이 문서를 관리하는 것이 혜윤의 일이었다.

채용 공고에는 '주요 기밀문서 취급 및 관리'라고 적혀 있었지만, 거창한 표현과는 달리 실제로 하는 일은 무척 단순했다. 대표 결재를 받아야 할 서류가 시스템에 등록되면 혜윤에게 서류가 출력될 거라는 알림이 왔고, 혜윤은 출력된 종이를 대표에게 가져다주었다. 대표가 서류를 살펴보고 결재하거나 반려하면 그 내용을 시스템에 입력했다. 그리고 종이 문서를 파쇄기에 넣으면 끝. 그것이 혜윤이 맡은 업무의 전부였다. 문헌정보학 전공자를 우대한다고 해서 지원했는데 전공 지식을 살릴 일은 전혀 없었다.

혜윤은 자신이 하는 일이 정말 비효율의 극치라고 생각했지만, 꽤 많은 월급을 받고 있었기 때문에 만족하기로 했다. 문득 기밀정보를 다루는 대가치고는 적은가 싶다가도 이전에 받던 월급을 생각하면 황송할 지경이었다.

혜윤의 친구들은 오랫동안 정규직 사서가 되기를 꿈꾸며 계약직 사서로 일해온 혜윤이 도서관이 아닌 다른 곳에 취직을 했다고 하자 구체적으로 무슨 일을 하는지 궁금해했다. 하지만 입사할 때 매우 철저한 보안 유지 각서를 쓴 혜윤은 친구들은 물론 가족들에게조차 자신이 어떤 회사에 다니고 무슨 일을 하는지 말할 수 없었다. 각서를 쓰지 않았더라도 이 요상한 업무에 대해 굳이 이야기하고 싶은 마음이 들지 않았지만.

그날도 혜윤은 대표가 결재한 서류 정보를 시스템에 등록하고 있었다. 서류는 종이로 출력할 때 대표만이 알아볼 수 있게 암호화되었기 때문에 혜윤은 서류를 보면서도 그 내용에 대해서는 잘 알지 못했다.

대표는 손바닥 크기의 전용 암호 해독기를 항상 주머니에 넣고 다녔다. 그것도 참으로 비효율적이라고 혜윤은 생각했다. 대표 한 사람을 위해 전자문서 보고 시스템의 서류를 암호화해서 출력하는 프로그램이 필요하고, 수동으로 결재 여부를 입력하는 비서가 필요하고, 비서가 회사의 기밀을 알지 못하도록 또 보안프로그램이 필요하다니. 게다가 만약을 대비해 주기적으로 암호가 바뀌기 때문에 암호 해독기도 그에 맞추어 업데이트되고 있었다.

정말, 낭비되는 게 너무 많았다. 하지만 그 낭비의 한 부분이 바로 자신이기에 혜윤은 불만을 가질 시간에 얌전히 할 일을 하고 정시 퇴근이나 하기로 했다. 근무 시간 외의 시간은 단 1초도 이 회사를 위해 낭비하고 싶지 않았으므로.

그런데 바로 그날, 평소처럼 영혼 없이 기계적으로 출력되는 종이를 챙기던 혜윤의 눈에 한 단어가 들어왔다.

이가영.

암호화된 문서 속에서 불쑥 읽을 수 있는 단어가 나타난 것이다. 게다가 아무리 다시 봐도 혜윤의 조카 이름과 같았다. 그리고 그 뒤로도 사람의 이름으로 보이는 단어들이 줄줄이 이어졌다. 이게 뭐지? 애들 이름 같은데…….

문득 혜윤의 머릿속에 얼마 전 언니 혜선과 했던 대화가 떠올랐다. 언니는 도시에서 가장 뛰어난 아이들을 선발해서 특별 교육을 지원해주는 프로그램에 가영이 뽑혔다고 자랑을 했었다. 그때는 가영이 뽑히다니 뛰어난 아이의 기준이 도대체 뭐냐고, 잘 뛰어다니는 아이들인 거냐고 농담을 했을 뿐 자세한 내용은 물어보지 않았다. 그런데 그게 메타버스 학교였던 건가.

자신의 조카에 대한 내용일지도 모른다고 생각하자 혜윤은 서류에 적힌 내용이 몹시 궁금해졌다. 메타버스 학교에서 일어난 일들을 일일이 대표에게 보고할 필요가 있나? 혹시 위험한 건 아닐까? 하지만 이름들 말고는 알아볼 수 있는 것이 없었다. 암호 프로그램의 성능이 아주 뛰어난 모양이었다. 혜윤이 읽을 수 있는 건 그저 서류 위쪽에 적힌 분류 코드뿐이었다.

N-ING-S-S-P-001.

설마…… 지금(NOW) 진행 중(ING)인 슈퍼(S) 시크릿(S) 프로젝트(P)……? 대표는 혜윤의 짐작보다도 한참 더 아날로그적인 사람이었을지도.

며칠 더 대표의 서류를 훔쳐보았지만 결국 추가적인 정보를 얻는 데 실패한 혜윤은 방향을 바꿨다. 메타버스 학교에 무언가 수상한 낌새가 있다면 학생들이 모를 리가 없다는 생각이 든 것이다. 혜윤은 퇴근길에 가영에게 메시지를 보냈다. 좋아하는 치킨을 사주겠다고, 이모와 같이 저녁을 먹자고.

─이모가 왜?

─그냥, 치킨 먹고 싶어서.

─왜 나랑?

─너도 치킨 좋아하잖아.

─이모, 솔직히 말해. 목적이 뭔데?

그래, 이 정도 눈치를 가진 가영이라면 뭔가 알아챘을 게 분명하다. 오히려 혜윤이야말로 괜한 의심을 사지 않도록 주의해야 할 것이었다.

─뭐야, 이모 섭섭해. 이모가 조카랑 치킨 먹는 게 뭐가 문젠데!

─알았어, 같이 먹어줄게!

어느새 이렇게 컸을까. 혜윤은 메시지창에 작게 뜬 가영의 프로필사진을 눌러보았다. 가영이 친구들과 찍은

셀카 사진이 확대되었다. 이모와 헤어지기 싫어서 현관에 놓인 신발을 숨기던 어린아이가 성큼 중학생이 되어 있었다. 그래도 언니를 닮은 입매며 어릴 때와 똑같은 초롱초롱한 눈빛이 절로 혜윤을 미소 짓게 했다.

가영이 좋아하는 간장양념치킨을 먹으면서 혜윤은 자연스럽게 말을 꺼낼 타이밍을 살폈다. 퍽퍽한 가슴살 부분을 좋아하는 가영이 목이 메어 콜라를 찾을 때가 적절할 것 같았다.

"너 무슨 특별 교육인가 받는다고 했었지?"

"빨리도 물어보네, 벌써 한 학기 다 끝나가."

"그거 뭐 하는 건데?"

"이모는 문과라서 말해줘도 알라나 모르겠네. 그러니까, 메타버스라는 게 있는데 말이야."

"메타버스?"

가영은 예전부터 자신이 아는 것을 이모에게 설명하길 좋아했다. 숫자를 셀 수 있게 되었을 때, 한글을 익혔을 때, 구구단을 배웠을 때도 아주 자랑스러운 표정으로 새로운 이론을 발표하는 학자처럼 일장 연설을 했었다.

"미국 SF 작가가 쓴 소설에 처음 나온 건데, 현실이랑 똑같이 모든 걸 할 수 있는 가상 세계를 뜻하는 말이야. 나를 대신하는 아바타가 그곳에서 살아가고 있는 거지. 나는 그 아바타가 겪는 걸 체험할 수 있는 거고. 이모, 알겠어?"

알다마다. 메타버스 학교에는 도서관이 없다는 것도 알고 있지. 그래서 메타버스 학교가 싫었다고.

혜윤이 입사할 때 받은 교육자료에 메타버스의 개념과 메타버스 학교 운영 시스템에 대한 상세한 설명이 있었다. 회사의 전 직원은 언제든 오류 테스트에 투입될 수 있도록 준비를 해야만 했다. 혜윤은 나름 특수직이라 동원 대상에서 제외되었지만, 회사에서 주력하는 사업인 만큼 교육자료의 내용은 전부 숙지하고 있었다. 아휴, 정말, 이놈의 책임감.

"그럼 아바타로 학교를 다니고 있다는 거야?"

"그렇게 단순한 건 아니지만, 이모가 그만큼만 이해했다면 그렇다고도 할 수 있지."

가영은 새초롬하게 말하고 콜라를 벌컥벌컥 마셨다. 그러곤 시원스럽게 '캬~' 하고 탄성을 뱉었다. 아이고, 누가 보면 고된 노동 뒤에 술 한잔으로 회포를 푸는 줄 알겠군.

"그 아바타 학교는 좀 어때? 다닐 만해? 그냥 학교보다 나아?"

"아니. 처음엔 좀 신기했는데, 학교가 학교지 뭐. 별로 다를 거 없더라고. 아침에 늦게 일어나도 되는 거랑 머리 안 감아도 되는 거 빼고?"

가영이 킥킥 웃고는 다시 치킨을 먹는 데에 열중했다. 혜윤은 다행이라고 생각하면서도 뭔가 찝찝한 기분을 떨칠 수가 없었다. 똑같다고? 다를 게 없다고? 그럼 왜 메타버스에 학교를 만든 거지?

"친구는 있어?"

"뭐, 몇 명. 근데 여기 애들이 좀 그래."

"그렇다니?"

"애들이 다 착하긴 한데, 가끔 꼰대 같을 때가 있어."

　치킨을 다 먹은 뒤, 혜윤은 가영에게 새 옷을 사주겠다고 했다. 성공적인 쇼핑을 위해 옷장을 살펴보며 미리 스타일 파악을 하자는 핑계로 가영의 방에 들어가서 메타버스 접속 기기를 살펴보기 위해서였다. 갑자기 치킨에 옷 선물까지? 가영은 무슨 일인지 어리둥절해하면서도 이모의 마음이 변하기 전에 얼른 문을 열어주었다.

　막상 어서 들어오라고 손짓하는 가영 앞에서 혜윤은 주춤거렸다. 그러고 보니 가영의 방에 들어가본 지 오래였다. 가영은 초등학교 고학년이 되면서부터 문에 '관계자 외 출입 금지'라고 적은 종이를 붙이더니 절대로 방문을 열어두지 않았다. 방에 들어가면 일단 문부터 잠갔다. 막 말이 트였을 무렵에는 자신에게 일어난 일들을 모조리 말하지 못해서 안달이었던 조카가 이제는 자신만의 공간이 필요한 존재가 되었다는 게 혜윤은 매번 새삼스럽게 신기했다.

가영이 화장실에 간 사이 혜윤은 얼른 메타버스 접속
기기를 집어 들었다. 하지만 지문과 안구를 통한 생체인
식으로 접속이 되는 터라 직접 접속해볼 수는 없었다. 아
무래도 수사의 방향을 다시 원점으로 돌려야 할 듯했다.

3. 스파이의 길

기회는 빠르게 찾아왔다. 대표가 해외 출장으로 자리
를 비운 사이에 메타버스 학교의 시스템 업데이트가 진
행된 것이다. 업데이트를 한 뒤에는 반드시 오류 테스트
가 있었다. 혜윤은 테스트 담당자 앞을 얼쩡거리며 한가
한 티를 팍팍 냈다.

늘 과도한 업무량 때문에 야근에 시달리는 불쌍한 테
스트 담당자는 여유롭게 커피를 마시며 창밖 풍경을 즐
기는 혜윤을 보자 새로운 오류 테스트라는 번거로운 일

거리를 주고 싶은 마음이 절로 솟아났다.

그렇게 혜윤은 메타버스 학교에 가게 됐다. 특급 임무를 수행하는 스파이가 된 것처럼, 비장한 마음을 품고서. 접속 기기에 사원증을 인식시켜 접속한 혜윤은 곧 경악했다. 혜윤의 아바타는 사람이 아니었다. 비둘기였다.

메타버스 학교는 가영의 말대로 현실 세계의 학교와 크게 다르지 않았다. 학교 건물도, 운동장도, 주변에 주택가가 있는 풍경까지 혜윤이 다녔던 중학교와 비슷했다. 도대체 뭐가 특별하다는 거지? 왜 굳이 메타버스에 학교를 만든 거야? 메타버스 학교가 멀쩡해 보일수록 혜윤의 의심은 점점 더 커졌다.

우선 가영을 찾아보기로 했다. 비둘기 혜윤에게 주어진 테스트 임무는 운동장 한쪽에 새롭게 업데이트된 텃밭을 살펴보는 거였지만, 혜윤은 교실 창가로 날아갔다. 수업 중인 교실의 모습도 특별할 건 없어 보였다. 칠판 앞에 서서 수업을 하는 선생님도, 줄 맞춰 책상에 앉아 있는 학생들도, 모두 실제의 사람이 아닌 아바타라는 것만 빼면.

혜윤은 가영의 아바타가 어떻게 생겼는지 모른다는 것을 깨달았다. 창문에 바싹 붙어 교실 안을 들여다봤지만 누가 가영인지 알 수가 없었다. 한참을 그러고 있는데, 창가에 앉아 있던 학생이 갑자기 창문으로 손을 뻗었다. 그리고 살짝 틈을 만들더니 혜윤에게 말을 걸어오는게 아닌가.

"저기요, 테스트 장소 어딘지 모르세요? 머리를 왼쪽으로 세 번 까딱이면 테스트 매뉴얼 뜨거든요. 거기 보시면 돼요."

혜윤은 가영이 했던 말이 떠올랐다. 애들이 착하긴 한데, 가끔 꼰대 같다던 말. 우리 가영이, 진짜 촉이 좋구나.

혜윤은 일단 테스트 비둘기로서의 임무를 해결하고 접속을 종료했다. 퇴근하고 집으로 가는 대신 언니 혜선이 다니는 회사 앞으로 갔다. 혜선은 언제나 직원들 중에 가장 마지막으로 퇴근했기 때문에 아직 회사에 있을 터였다. 출산과 육아로 휴직을 몇 년 했으니 남들보다 몇 배는 더 일해야 한다고 했다. 혜윤은 따로 연락하지 않고 혜선이 나오기를 기다렸다. 얼마의 시간이 흐른 뒤, 터벅터벅 지친 걸음으로 회사 밖으로 나온 혜선이 혜윤을 발견하고는 반갑게 손을 흔들었다.

"어쩐 일이야."

"근처 지나갈 일이 있었는데 혹시 언니 만나려나 싶어서 와봤지."

집으로 향하는 버스에서 혜윤은 이런저런 일상적인 이야기들을 했다. 날씨 이야기, TV에서 방영하는 드라마 이야기, 최근에 먹기 시작한 영양제, 친구가 알려준 말장난 같은 것들을. 그리고 그 사이사이에 최대한 자연스럽게 가영의 특별 교육 프로그램에 대해 물었다. 혜선은 오랜만에 동생과 수다를 떠는 재미에 빠져 별다른 의심 없이 대답을 해주었다. 지역의 초등학교에서 한 명씩, 교장 선생님의 추천을 받아서 선정되었다고.

"전부 몇 명이라고 했더라? 잘 기억은 안 나는데 많지는 않았어. 소수 정예라고 했으니까."

혜선의 말, 가영의 말, 그리고 회사 여기저기를 조심스럽게 돌아다니며 수집한 정보들로 혜윤이 내린 결론에 따르면 메타버스 학교의 비밀 프로젝트는 학생들에게 지식뿐만이 아니라 다른 것까지 교육하는 게 가능한지 알아보는 실험이었다. 아바타를 통해 학생으로 위장한 '요원'들이 진짜 아이들의 아바타와 어울려 학교를 다니면서 아이들에게 '원하는' 행동을 유도하는.

혜윤은 자신의 생각이 맞는지 확인하기 위해 다시 한번 메타버스 학교에 잠입하기로 했다. 회사의 사업에 관련된 것은 절대 어떤 것도 발설해서는 안 된다는 보안 유지 서약서에 서명을 하긴 했지만 정말 메타버스 학교에서 가영과 아이들을 상대로 한 실험이 진행되고 있다면 막아야 했다. 엄청난 액수의 위약금도 두렵지 않았다.

분명 회사 안에 요원들이 모인 장소가 있을 거였다. 보안이 중요한 프로젝트이니 외부에서 접속하게 할 리가 없었다. 혜윤은 며칠에 걸쳐 조금씩 회사 안을 수색해나 갔다. 마음이 점점 조급해졌다. 대표가 해외 출장에서 돌아오기 전에 해결해야 했다.

출근해서 오전 내내 곳곳을 돌아다니며 찾아봤지만 수상한 공간은 없었다. 평소엔 인식하지 못했던 복도 끝의 명패 없는 문을 연 적은 있다. 테이블과 소파, 간이침대, TV, 냉장고, 에어컨이 있었는데 건물 청소를 하시는 분의 휴게실이었다.

아날로그적인 대표는 잘 쉬어야 일도 잘한다는 철학을 갖고 있었다. 그만큼 먹는 것도 중요하게 생각해서 직원들의 점심 식비는 사원증에 내장된 칩을 통해 회사 주변의 식당에서 결제하면 회사에서 부담했다. 월급과 함께 혜윤이 입사를 결정한 중요한 이유이기도 했다. 이런 거 보면 사람 참 좋아 보이는데, 아이들로 실험을 해? 정말 믿을 사람 하나도 없네. 투덜거리던 혜윤은 일단 점심을 먹고 작전을 이어가기로 했다.

회사 건물 뒤편의 국숫집은 혜윤이 가장 좋아하는 식당이었다. 맑은 국물의 따뜻한 국수와 매콤한 양념의 비빔국수, 그리고 곁들여 먹을 수 있는 감자전이 메뉴의 전부였지만 매일 먹어도 질리지 않을 만큼 맛있었다. 맘처럼 일이 안 풀리고 있는 지금 같은 때에는 역시 고춧가루를 팍팍 추가한 비빔국수를 먹어줘야 할 것 같았다.

예상 적중. 혜윤은 얼얼해진 입술로 씨익 웃었다. 비빔국수를 먹고 나니 힘이 솟았다. 이제 회사로 돌아가기 전에 아이스아메리카노 한 잔 사면 완벽할 것이다. 그리고 다시 힘내서 수색을 시작하는 거지. 두고 보자, 어떤 음모가 숨겨져 있는지 다 파헤쳐주마. 만족스러운 점심 식사로 의욕이 샘솟은 혜윤은 가벼운 걸음으로 계산대로 향했다.

주머니에 넣어두었던 사원증을 꺼내려는데 먼저 계산을 하고 있던 사람도 같은 사원증을 들고 있는 게 보였다. 맛집을 알아보다니, 훌륭하십니다. 혜윤은 알 수 없는 친밀감을 느꼈다. 하지만 그렇다고 정말 친밀한 관계가 될 생각은 없었는데, 공교롭게도 국숫집에서 나와 같은 카페로 향하게 됐다. 점심시간이 끝나가고 있으니 이대로 계속 같은 길을 가게 될 터였다. 혜윤은 최대한 느릿느릿 걸었지만 결국 단둘이 같은 엘리베이터를 타게 되고 말았다.

혜윤은 엘리베이터 안쪽으로 들어갔다. 그리고 초점을 흐린 채, 허공을 응시했다. 혜윤은 낯선 사람과 넉살 좋게 대화를 나누는 성격이 아니었다. 그러다 문득 지금이야말로 탐문수사를 해야 하는 게 아닐까 싶은 생각이 들었다. 할 수 있을까. 뭐라도 더 알아낼 수 있을까. 혼자 조사하기엔 아무래도 한계가 있으니까……. 혜윤이 망설이는 사이에 '띵' 엘리베이터 도착 음이 들렸다. 혜윤은 앞 사람의 등을 보고 따라 내렸다. 그리고 당황했다.

그곳은 7층이었다. 회사는 8층인데? 혜윤이 당황하든 말든 먼저 내린 사람은 신경도 쓰지 않고 사원증을 꺼내 문을 열고 들어갔다. 사원증은 분명 혜윤의 것과 같은 것이었는데, 입구에 붙은 회사 간판은 처음 보는 것이었다. 상황을 파악한 혜윤은 속으로 쾌재를 불렀다. 크, 역시 비빔국수야. 옳은 선택이었어.

등잔 밑이 어둡다고, 회사 바로 아래층에 비밀 프로젝트를 진행하는 요원들을 숨겨두다니. 혜윤은 사원증을 입구 잠금장치에 가져다 댔다. 회사 내부에 비밀을 파헤치려는 스파이가 있는 이런 상황은 미처 대비하지 못한 모양인지 문이 쉽게 열렸다.

좁은 복도 양옆으로 투명한 유리벽이 펼쳐져 있었다. 그리고 벽 안쪽에는 수많은 사람들이 있었다. 혜윤은 그 옆으로 당당히 걸었다. 어차피 아무도 혜윤을 보지 못했다. 다들 메타버스 접속 기기를 착용하고 있었으니까.

물론 메타버스 학교에는 선생님도, 안전 요원도, 매점 사장님도 필요하니 어른들이 아무도 접속하지 않으리라 생각한 건 아니었다. 하지만 이건 많아도 너무 많았다. 이렇게 많은 사람들이 '소수 정예'로 뽑힌 아이들과 도대체 무얼 하고 있단 말인가. 아무리 생각해도 좋은 가정이 떠오르지 않았다.

혜윤은 그래도 마지막으로 확인을 해보아야겠다고 생각했다. 그동안 회사에서 얻어먹은 점심값을 생각하면 의심을 확신으로 바꿀 결정적인 증거는 찾는 게 도리라는 생각이 들었다. 아휴, 정말 이놈의 책임감.

요원들이 사용하는 접속 기기로 메타버스 학교에 가면 모든 것이 밝혀질 것이다. 하지만 어떻게? 방법을 고민하던 혜윤의 머릿속에 번쩍, 인터넷에서 본 글이 떠올랐다.

그 글은 어떤 사람의 질문이었다. 회사에서 일을 하다가 배가 너무 아파서 잠깐 화장실에 갔는데, 화장실에 설치된 비데의 수온이 너무 높아서 화상을 입게 되었다고 했다. 이럴 경우에도 산업재해로 인정받을 수 있을까요? 그의 질문엔 안타깝게도 회사에서 근무 중에 일어난 사고이긴 하지만 업무와 연관성이 높은 경우가 아니기 때문에 산업재해로 인정받을 수 없다는 노무사의 진지한 답변이 달려 있었다.

혜윤은 화장실로 향했다. 그리고 변기 뒤쪽의 수도 밸브 중 냉수 밸브를 잠그고 온수 밸브를 최대로 열어두었다. 누군가가 엉덩이, 그리고 주변 부위에 화상을 입으면 얼마나 아플까 싶어 미안한 마음이 들었지만, 만약 아이들에게 못된 실험을 하고 있던 것이라면 이 정도 아픔은 응당 감수해야 한다고 생각하며 마음을 다잡았다.

얼마 지나지 않아 보안 의식이 투철하지 않은 요원이 접속종료를 하는 대신 기기를 살짝 책상 위에 올려두고 화장실에 갔다가 짧은 비명을 내뱉었다. 그가 어딘가에 다급히 전화를 걸며 엘리베이터를 타는 것을 확인한 혜윤은 재빨리 작전을 실행했다.

혜윤은 2학년 2반의 한 학생으로 메타버스 학교에 접속했다. 요원은 화장실에 가면서 수업 시간에 몰래 졸고 있는 학생의 모습을 연출해둔 것 같았다. 책상 위에 책을 세워놓고 그 안쪽에 엎드려 있었다. 혜윤은 조심스럽게 고개를 들었다.

정말 교실이었다. 칠판 앞에는 아바타 선생님이, 주변에는 아바타 학생들이 보였다. 설마가 사실이었다. 이 학교 학생 중에 진짜 학생은 몇 명뿐이고 나머지는 다 회사의 요원인 것이다. 그리고 그들은 아이들에게 지식이 아닌 다른 것을 가르치려 하고 있었다. 가영의 말에 따르면, 꼰대처럼.

경찰에 신고할까? 언론에 제보해야 할까? 혜윤은 머릿속이 복잡했다. 여기까지 오긴 했지만 보안 유지 서약서에 적힌 어마어마한 액수의 위약금, 그 숫자가 정말로 두렵지 않은 건 아니었다.

우선 가영을 찾아보자. 하지만 다른 요원들에게 들키지 않고 가영을 찾을 수 있을까. 한 명 한 명 붙잡고 물어볼 수도 없고. 혜윤은 가영에게 몇 반인지 물어보지 않은 걸 후회했다. 몇 반인지라도 알았다면 조금 더 쉬웠을 텐데. 혜윤이 고민하는 사이에도 수업은 진행되고 있었다. 국어 시간이었다. 선생님이 한 학생을 지목해 질문을 했다. 학생은 막힘없이 대답했다. 그리고 다른 학생들을 향해 장난스럽게 한마디 덧붙였다. 혜윤에게 몹시 익숙한 바로 그 말을.

"얘들아, 알겠어?"

혜윤은 가영과 단둘이 있을 기회를 호시탐탐 엿보았다. 하지만 수업 시간은 물론이고 쉬는 시간에도 점심시간에도 도무지 틈이 없었다. 가영은 항상 같은 아바타 둘과 함께 있었고, 혜윤의 곁에도 단짝 친구라는 설정인지 한 아바타가 계속 머무는 바람에 가영과 따로 이야기할 틈이 없었다. 그러다 결국 하교 시간이 가까워졌을 때, 혜윤은 현실 학교와 메타버스 학교의 너무도 다른 점을 깨달았다. 메타버스 학교에는 혼자 있는 학생이 없었다. 아바타 학생들은 꼭 여럿이 무리 지어 있었다.

또 하나 알아낸 사실은 메타버스 학교에 접속한 요원들끼리도 서로의 존재를 모른다는 것이었다. 아마 부주의한 실수로 요원이라는 사실이 드러나서 실험을 그르치게 될까 마련한 안전장치인 것 같았다. 누가 요원이고 누가 학생인지 모르는 요원들은 열심히 중학생인 척하며 학교를 다니고 있었다. '올바른' 중학생의 모습이라 생각되는 연기를 하면서.

담임선생님이 종례를 하기 위해 교실로 들어왔다. 이제 더는 시간이 없었다. 혜윤은 자리에서 벌떡 일어났다. 그리고 천천히 걸어서 교실 밖으로 나왔다. 모험이었다. 요원이라면 절대로 하지 않을 행동이지만 아무도 혜윤이 요원이라는 걸 모른다. 진짜 아이라면 갑자기 교실 밖으로 나가고 싶은 마음이 들 수도 있는 것 아닌가.

"헐, 대박."

"쟤 왜 저래?"

"급똥 마렵나."

수군거리는 아바타는 셋이었다. 가영, 그리고 늘 함께 있던 아바타 둘. 혜윤의 머릿속에 또 하나의 가설이 떠올랐다. 혜윤은 그대로 복도를 달리기 시작했다. 일부러 시끄러운 발소리를 내면서. 틈틈이 벽을 두드리기도 하면서. 교실들의 안쪽에서는 혜윤이 예상한 모습이 보였다. 혜윤에게 반응하는 아이들이 한 반에 몇 명씩 있었던 것이다. 몇 명만.

당연히 서로를 알아본, 소수 정예의 진짜 중학생 아이들이 저희들끼리 뭉쳐서 수군대거나 깔깔거렸다. 그 모습이 혜윤을 안심시켰다. 꼰대 같은 어른들이 어떤 실험을 해도 아이들은 진짜를 발견한다. 메타버스 학교의 규칙과 통제, 감시의 시선 속에서도 아이들은 선생님 몰래 소곤거리고 눈짓을 주고받을 것이다. 혜윤은 그대로 학교 건물 밖으로 달려 나갔다. 그리고 접속을 종료했다.

4. 보고서를 결재하시겠습니까

분류 코드 N-ING-S-S-P의 마지막 서류인 241이 대표의 결재를 받기 위해 종이로 출력된 것은 혜윤이 메타버스 학교에 접속했던 날로부터 얼마 지나지 않아서였다. 긴 해외 출장에서 돌아온 대표가 처음으로 결재해야

할 서류이기도 했다.

　대표는 서류를 한참 들여다보다가 크게 한숨을 쉬었다. 그리고 마치 자기가 잘못 보기라도 했다는 것처럼 눈을 비비기도 하고, 암호 해독기의 전원을 껐다가 다시 켜기도 하고, 급기야 종이를 흔들어보기도 했다. 실험이 실패했다는 최종 보고인 게 분명했다.

　그럼 그렇지. 아이들은 어른들 맘대로 되지 않거든요. 혜윤은 여유로운 미소를 지으며 자리에서 일어났다. 점심으로 단골 국숫집의 따끈한 국수를 먹어야겠다고 생각하며.

　메타버스 학교는 1회 졸업생을 배출하는 것과 동시에 문을 닫았다. 특별 프로그램에 선발되었던 소수 정예의 뛰어난 아이들은 다시 현실의 학교로 등교하게 되었다. 학교로 돌아온 아이들에게 메타버스 학교가 어땠느냐는 질문이 쏟아졌다. 아이들은 대부분 이렇게 대답했다.

　"학교가 학교지, 뭐."

타로의 지혜

고양이 타로는 지혜가 걱정이다. 타로와 열두 해 동안 같이 산 인간 지혜가 요즘 이상하다.

아침부터 그렇다. 타로가 밤새 들락거린 화장실, 슬쩍슬쩍 건드린 물그릇, 일찌감치 비워버린 밥그릇을 살피기 위해 부지런히 움직이던 지혜의 몸이 무거워졌다. 지혜는 짧은 간격으로 여러 번 설정해둔 알람을 눈도 뜨지 못한 채 끄면서 잠 속에서 허우적댄다. 저럴 줄 알면서 깊은 밤이 지나 새벽이 올 때까지 스마트폰 화면은 왜 그렇게 들여다보고 있었던 건지. 쯔쯔. 회사에서는 어쩌려고 그러니? 내키는 대로 낮잠을 잘 수 없는 가련한 인간이 고양이 같은 야행성동물을 흉내 내다니. 어리석구나.

그래도 지난밤 지혜는 나름의 결심을 했는지 스마트폰을 침대 밑에 내려놓았다. 타로가 아직 옆구리 털을 다 정돈하지 못했는데도 전등까지 껐다. 하긴 그래도 별 상관은 없다. 타로는 방이 밝든 어둡든 개의치 않고 하던 일을 한다. 하려고 하면 한다. 하지 않으려면 하지 않는다. 그것이 인간과 고양이의 차이점. 가만히 앉아 있는 타로, 한참 동안 뒤척이는 지혜. 무서운 걸까, 이 어둠이. 고양이처럼 훤히 볼 수가 없어서 겁이 나는 걸까. 그러면 불을 켜렴. 시야를 밝히고서 네게 무엇이 찾아오는지 똑똑히 바라보렴. 그리고 그걸 내가 어떻게 물리치는지도. 어둠 속에서 타로는 지혜를 바라본다. 잠시도 눈을 떼지 않는다. 그러다 잠든 인간의 무방비한 호흡이 느껴지면 우쭐한 기분이 든다. 역시, 너도 믿지? 내가 널 반드시 지켜줄 거라는 걸.

타로는 침대 위로 훌쩍 뛰어올라가 지혜의 베개 옆에 앉는다. 그리고 지혜가 미간을 구긴 채 인상을 쓰고 잠든 얼굴을 물끄러미 바라본다. 좋지 않은 꿈을 꾸는 거니? 눈만 뜨면 되는데 왜 벗어나질 못하니? 못마땅한 것은 잠시라도 참아주지 않고 살아온 타로로서는 영 의아한 일이다. 결국 지혜가 마지막 알람까지 꺼버리면 집 안에는 불길한 정적이 감돈다. 타로는 지혜를 위해 열심히 야옹거린다. 너 그러다가 후회해. 얼른 일어나.

타로 덕분일까. 지혜는 불현듯 눈을 뜬다. 그나마 기특하게도, 일단 눈을 뜨고 나면 한숨 한 번 쉬지 않고 출근 준비를 한다. 그래, 그래. 가자, 가자. 타로는 재촉인지 응원인지 야옹야옹 떠들면서 지혜를 따라다닌다. 타로는 태어나면서부터 수다스러운 고양이였다. 그 점을 지혜도 많이 좋아했다. 타로의 말에 꼬박꼬박 대꾸도 해주었다. 그런데 요즘의 지혜는 침묵이다. 집 안을 걷는 모습도 흐물흐물 매가리가 없다. 열두 해를 살며 지켜본바, 지금까지의 지혜 중에 가장 지쳐 있다. 둥지 밖으로 떨어진 어린 새처럼 애처롭다.

지혜는 숫제 타로가 제 자식이라도 되는 양 여기지만

사실 타로야말로 지혜를 어떻게 돌보아야 하는지 고민하며 살았다. 이번엔 무슨 일 때문에 저렇게 풀이 죽어 있나. 회사 때문일까. 지혜는 종종 맥주를 마시며 타로에게 회사 욕을 하곤 했다. 들어보면 회사란 곳은 몹시도 괴로운 곳임에 틀림없다. 그런데도 지혜는 그곳에 간다. 지혜 자신과 타로를 먹이고 재우고 살게 하기 위해서. 지혜는 용기를 내고, 견딘다. 지혜가 최선을 다하고 있다는 걸 타로는 잘 안다. 지혜가 말했기 때문에. 자신에게 하는 말이면서, 타로를 향해 말했기 때문에. 타로를 품에 안고 오래오래 쓰다듬으며 주문을 외우듯 속삭였기 때문에. 그래도 가야지. 회사에 가야지. 가서 돈 벌어서 타로랑 잘 살아야지. 우리 타로랑. 그럴 때 타로는 아무리 지혜라고 해도 인간의 품에 안기는 것은 싫지만 조금 참아주곤 했다.

어쩌면 다른 인간과 다퉜는지도 모른다. 지혜가 다투는 인간들은 대개 정해져 있다. 타로도 잘 아는 인간들, 지혜가 사랑하는 인간들. 지혜는 자신이 마음 쓰는 것에

만 상처받는다. 예전부터 그랬다. 상처받고 돌아온 지혜
는 타로를 귀찮게 군다. 자꾸만 쓰다듬고, 시시한 몸짓으
로 깃털이 매달린 낚싯대를 흔들기도 하고, 마뜩잖아하
는 타로에게 굽실굽실 매달려서 발톱도 깎아버린다. 타
로가 누워 있으면 옆에 나란히 눕고, 타로가 창밖을 바라
보면 같은 곳으로 시선을 둔다. 너 고양이가 되고 싶니?
아무래도 고양이가 좋아 보이지? 하지만 너는 인간이잖
니. 네 할 일을 해라. 네가 해야 하는 일을 해. 타로는 지
혜에게 종알종알 잔소리를 해본다. 지혜는 알아듣지 못
하고, 어쩌면 알아듣기 싫어하면서 타로의 곁에 있다. 그
럴 때, 서로를 이해하지 못하는 데다가 너무나 다른 모습
이면서도 함께 있을 때, 타로는 조금 기분이 좋아졌다.

 이번에도 그럴 것이지. 왜 다르게 구는 건지. 타로는
속이 상한다. 며칠 전 지혜는 영 안 하던 짓을 해서 타로
를 놀라게 했다. 고약한 냄새가 나는 마늘을 한 자루나
사 온 것이다. 그리고 주방 한쪽에 신문지를 펼치더니 그

위에 마늘 자루를 끼고 앉아서는 종일 껍질을 벗기고 칼로 다져댔다. 그걸로 끝일 줄 알았더니 냄비에 넣고 푹푹 끓이기까지. 타로는 침대 밑이며 옷장 위며 집 구석구석으로 파고들어봤지만 지독한 마늘 냄새를 피할 수가 없어서 괴로웠다. 괘씸한 지혜를 어떻게 나무라야 할까. 아끼는 가방을 손톱으로 긁어줄까. 세탁기 안에다 오줌을 싸줄까. 응? 어떻게 해야 네가 정신을 차리겠어? 타로는 싱크대 위로 훌쩍 뛰어올라갔다. 그리고 마늘이 한가득 든 냄비가 푹푹 끓고 있는 가스레인지 근처로 걸음을 옮겼다. 불을 만져줄까? 내가 불을 만져버릴까? 그건 지혜가 가장 두려워하는 일 중 하나다. 그걸 잘 알고 있는 타로는 의기양양한 표정으로 지혜를 바라봤다.

지혜가 울고 있었다. 지혜의 눈가며, 볼이며, 턱이며, 온통 눈물로 젖어 있었다. 타로는 당황했다. 아니, 난 아직 앞발을 뻗지 않았어. 수염도 태워먹지 않았고, 꼬리도 그슬리지 않았어. 나는 멀쩡해. 그러니 울지 말아라. 이번 한 번 봐줄 테니까, 울지 말고 그 고약한 마늘이나 맘껏 끓이렴. 타로는 야옹거리며 싱크대 아래로 뛰어내렸다. 그 뒷발에 걸린 걸까, 개수대에 걸쳐두었던 식기건조대가 개수대 안으로 와르르 무너졌다. 그릇이며 컵이며 숟가락과 젓가락 들이 요란한 소리를 내며 쏟아졌다. 타로가 평생 들어본 적 없는 굉음이었다. 생각보다 몸이 먼저 튀어 나갔다. 옷장 아래의 좁은 틈으로 파고들었다. 그 난리 속에서도 지혜는 가만히 서서 울기만 했다.

지혜가 출근하고 난 뒤, 타로는 집 안을 어슬렁거리며 고민에 빠진다. 길게 기지개를 켜면서 고민하고, 손톱을 핥으면서 고민하고, 동그랗게 몸을 말고 고민한다. 식탁 위로 뛰어오르며 고민하고, 창틀에 앉아 하늘을 보면서 고민하고, 거울에 반사된 햇빛을 쫓으며 고민한다. 그러다 잠깐씩 자신이 고민하는 중이었다는 걸 잊기도 하지만, 깊은 낮잠에 빠지기도 하지만, 잠꼬대로 야옹거리며 다시 고민한다. 지혜가 행복했으면 좋겠다고, 그 방법이 도대체 뭐냐고 고민한다.

　그날 밤, 집에 돌아온 지혜가 달라졌다는 걸 타로는 단번에 알아본다. 눈빛이 초롱초롱하고, 발걸음이 사뿐사뿐하다. 오호라, 회사를 그만둔 걸까? 타로는 지혜가 처음 사표라는 걸 내고 돌아온 날을 떠올려본다. 아니, 아니다. 그날은 오히려 불안해했었지. 한숨을 많이 쉬고 매운 걸 잔뜩 먹고 술도 마셨지. 그럼, 새로이 사랑할 사람을 만났나? 자꾸만 스마트폰을 만지는 것이 그럴 법도 하다.

　사진 같은 걸 보는지 지혜가 스마트폰을 한참 가만히 들여다보기만 한다. 타로는 지혜의 등을 타고 올라가 어깨에 앉고 싶다. 어린 고양이였을 때는 종종 그렇게 했다. 지혜가 무얼 보고 있는지 지혜와 같은 눈높이로 보고 싶어서. 하지만 이제 타로는 그럴 수 없다는 걸 안다. 지혜가 두 손으로 받쳐 들 수 있었던 어린 타로는 무럭무럭 자랐다. 위풍당당한 고양이가 되었다. 그래도 언제든 새끼 고양이처럼 지혜의 옆구리를 파고들면, 지혜는 기꺼이 타로와 눈을 맞춰주고, 타로는 그 눈 속에 무엇이 있는지 가만히 들여다본다. 그걸로 충분하다.

타로는 문득, 지혜에게서 낯선 고양이의 냄새가 난다는 걸 인지한다. 아주 작고 어린 고양이의 냄새. 스스로 살아갈 방법을 몰라 두려워하는 존재의 냄새. 언젠가 타로에게서도 풍겼을 냄새가 지혜의 몸에 묻어 있다. 타로는 깨닫는다. 그 냄새가 지혜를 달라지게 했다. 그리고 또 깨닫는다. 나는 죽었구나. 그래서 네가 힘들었구나.

지혜에게 전화가 걸려온다. 타로는 지혜가 다니는 회사 주차장에 새끼 다섯 마리를 낳고 사라진 어미 고양이의 이야기를 알게 된다. 새끼 고양이 중 둘은 죽었다. 하나는 어디론가 사라졌다. 남은 둘 중에 하나를 가족으로 데려간 지혜의 회사 동료가 지혜에게 나머지 한 마리를, 홀로 남은 한 마리를 집으로 데려가라고 말한다. 지혜는 망설인다.

그 망설임은 자신 때문이리라. 타로는 지혜의 눈 속에

서 자신의 모습을 본다. 아직 살아 있었던, 이 집의 주인이었던, 지혜의 전부였던 고양이 타로를.

타로는 다섯 형제 중 유일하게 살아남은 고양이였다. 어미 고양이는 먹이를 구하러 나갔다가 영영 돌아오지 않았다. 형제들의 숨이 하나씩 끊어지는 동안 타로는 우렁차게 울었다. 내가 여기 있다고, 나를 살려달라고. 그 소리를 지혜가 들었다. 다행히 지혜는 고양이를 좋아하는 인간. 하지만 고양이에게 무엇을 해주어야 하는지는 모르는 어리숙한 인간이었다. 그래도 이젠 괜찮아. 지금까지 내가 참을성을 가지고 잘 가르쳐주었잖니. 넌 제법 괜찮은 인간이 됐어.

여전히 타로의 흔적이 남은 집이다. 물그릇도, 밥그릇도, 좋아하던 장난감과 담요도, 낡은 종이 상자도. 타로가 잘 아는 자리에 있다. 그 집에서 지혜가 살아가고 있었다. 야옹야옹 우는 소리는 없이, 다리 사이를 지나가는 온기도 없이.

깊은 밤, 타로는 잠든 지혜의 귓가에 속삭인다. 괜찮아. 다른 고양이가 와도 괜찮아. 나는 잘 알거든. 네가 몹시 닮은 날들을 보내더라도 결코 똑같은 날들이 아니리란 걸. 다 알고 있다고 생각하겠지만, 새로울 거야. 또 새롭게 슬프고, 아프고, 행복하고, 사랑할 거야. 그렇게 너도 알게 될 거야. 지워지는 게 아니라 쌓여갈 거야. 사라지는 게 아니라 더해질 거야. 어느 것도 멈추지 않을 거야. 나의 생이 멈춰도 내가 너를 사랑하는 일을 멈추지 않듯이. 그러니 아직 일어나지 않은 기쁜 일을 너무 겁내지 말렴. 잘 자, 안녕.

마담 G의 별자리 운세

지은 선배의 퇴사로 '마담 G의 별자리 운세' 코너는 내 담당이 되었다.

지은 선배가 맡았던 코너의 담당을 재배분하는 자리에서 편집장이 나에게 "유정, 별자리 맡아라"라고 말했을 때, 나는 그대로 회의실 의자를 박차고 도망치고 싶었다. '마담 G의 별자리 운세'는 〈매거진 GG〉의 가장 중요한 코너였다. 그런 코너를 내가 맡아도 되는 걸까. 아니, 맡을 수 있을까. 앞으로 〈매거진 GG〉의 명운이 나에게 걸린 거나 마찬가지였다. 너무 부담스러워서 속이 다 울렁거렸다.

1990년대 말 무가지로 시작한 〈매거진 GG〉는 '청춘들의 종합 라이프스타일 매거진'을 표방하며 빠르게 성장했다. 2000년대 초에는 정기구독자 5만을 보유하고 매달 평균 15만 부를 찍는 인기 월간지로 자리를 잡았다. 하지만 2010년대부터 서서히 발행부수가 줄어들어 이제는 과거의 영광을 완전히 뒤로하고 주간 발행되는 웹진의 협찬 기사와 배너 광고 수입으로 겨우 운영되고 있었다. 종이 잡지 발행이 중단된 건 내가 입사한 바로 다음 달이었다.

나는 2019년 겨울 〈매거진 GG〉에 입사했다. 그때 내 입사 면접을 보았던 면접관이 지은 선배였다.

"그럼 면접은 이쯤에서 마무리하죠. 괜찮다면 따로 묻고 싶은 게 있는데요, 오유정 씨는 언제 잡지를 처음 보았어요?"

"초등학교 때였습니다. 가까이 살던 사촌 언니의 집에 놀러 갔을 때 우연히 책상에 놓인 〈매거진 GG〉를 보게 되었고 흥미로운 내용과 감각적인 편집에 시간이 가는 줄 모르고 읽었고……"

"잠깐, 잠깐. 면접용 답변 말고, 유정 씨의 진짜 경험이 궁금해서 그래요. 알겠지만 〈매거진 GG〉가 96년에 창간 했는데, 유정 씨가 98년생이잖아요. 참고로 난 유정 씨랑 띠동갑이거든요. 그래서 꼭 〈매거진 GG〉가 아니더라도 잡지에 대한 유정 씨의 인상이 어떤지 궁금해요. 편하게 말해줄 수 있어요?"

다른 면접이었다면 어떤 말을 듣더라도 준비한 답만 말했을 것이다. 나는 성실한 지원자, 일할 준비가 되어 있는 사람. 그러니 나를 선택해달라는 호소를 애써 감춘 채 침착하려 애썼을 것이다. 속으로는 몹시 초조하면서도 겉으로는 여유롭게 미소 짓기 위해 얼굴 근육을 움직이는 연습도 충분히 해왔다. 하지만 그날 나는 지은 선배가 진심으로 나와 대화하고 싶어 한다고 느꼈다. 지은 선배의 말이 지원자를 떠보거나 나이가 어리다고 무시하는 것 같지 않았다. 어깨에 들어갔던 힘이 스르륵 빠졌다.

"솔직히 말씀드리면…… 잡지를 읽으려고 했던 적은

없고, 제가 좋아하는 아이돌이 표지모델로 화보를 찍었다고 해서 산 적은 있습니다. 제 주변에도 잡지를 챙겨 읽는 친구들은 없었고요. 인터넷에 올라오는 기사를 읽거나 하고, 자기가 좋아하는 가수나 배우가 인터뷰를 하면 기념으로 구매하는 정도예요."

"그럼 어릴 때 만화잡지도 본 적 없어요?"

"만화는 웹툰으로 봤습니다."

"영화지나 문예지는요?"

"그런 잡지도 있나요?"

무심히 되물었다가 아차 싶었다. 지은 선배의 얼굴 위에 나타났다가 사라진 찰나의 표정을 보았기 때문이었다. 그때 내가 느낀 건 면접을 망쳤다는 예감이 아니라 눈앞의 사람에게 무례한 말을 했다는 사실이었다. 지은 선배는 잡지를 사랑하는 사람이었고, 나는 면전에서 그가 사랑하는 대상의 죽음을 선고한 거나 다름없었다.

면접장을 나와 집으로 돌아오는 길에 〈매거진 GG〉의 구인 공고를 다시 살펴보았다. '성별, 학력, 나이 제한 없

음. 꼼꼼하고 성실하며 글쓰기를 좋아하는 분을 찾습니다. 워드와 엑셀 필수. 포토샵과 일러스트레이터 프로그램을 다룰 수 있는 분 우대. 급여 및 복지는 회사 내규에 따름.' 시각디자인과 고졸에 블로거인 나에게 딱 맞는 조건이었다. 공고에 첨부되어 있던 이력서 양식이 정말로 이름과 연락처, 사용 가능한 프로그램만 적게 되어 있는 점이 마음에 들었다.

쓰라는 글을 쓰고 이미지를 편집하면 되겠거니 막연하게 짐작만 한 채로 이력서를 보냈다. 서류 합격 연락을 받은 바로 다음 날이 면접이었다. 부랴부랴 포털사이트를 검색해 〈매거진 GG〉와의 추억을 날조했다. 있지도 않은 사촌 언니의 나이와 취향을 고려해 2009년 4월 호를 고르기까지 했는데⋯⋯.

당연히 불합격이리라는 예상과 달리 그날 새벽 합격 통보 메일을 받았다. 그때는 몰랐다. 새벽 2시에 편집장의 메일계정으로 합격 메일을 보낸 것이 마감 때문에 사무실에서 철야를 하고 있던 지은 선배였다는 걸. 〈매거

진 GG〉편집부가 편집장과 지은 선배 단 두 사람뿐이었
고, 신입 사원 모집 공고에 지원한 사람은 나밖에 없었다
는 사실도.

위와 같은 이유로, 내가 '마담 G의 별자리 운세'를 맡
는 것을 거부할 수 없는 사정도 뻔한 것이다. 지은 선배
가 퇴사한 〈매거진 GG〉의 편집부는 편집장과 나 둘뿐이
니 담당자 배정이란 것도 내가 맡지 않으면 편집장이 맡
게 되는 긴장감 하나 없는 시시한 러시안룰렛이니까.

회의실이라고 부르긴 하지만 사실은 편집장의 책상과
내 책상 사이에 파티션을 치고 둥근 테이블을 놓은 것이
전부인 공간을 벗어나며 나는 마감까지 이틀밖에 남지
않았다는 것부터 생각했다. 당장 마담 G에게 메일을 보
내 담당자가 변경되었다는 사실을 알리고 원고를 받아
야 했다.

2020년 〈매거진 GG〉는 뜻밖의 기회를 얻었다. 종이
잡지 발행을 중단하고 웹진을 운영하겠다고 선언했지

만 사실상 폐간 수순을 밟던 것이나 마찬가지였는데 코로나19 팬데믹이 터진 것이다. 감염자가 아님에도 외출을 자제하고 자가 격리를 하는 사람이 많아지면서 온라인 콘텐츠에 대한 수요가 증가했고, 그 덕분에 〈매거진 GG〉의 웹사이트에도 방문자가 늘어났다. 대박이라고 할 만한 폭발적인 숫자는 아니었지만 편집부로서는 충분히 깜짝 놀랄 만한 숫자였다.

편집장은 비상 회의를 소집했다.

"유정, 어떻게 생각해?"

"뭘요?"

"뭐긴 뭐야. 당연히 지금 이 기회를 잡을 만한 '킬러 콘텐츠'지."

"지금 외부 필자를 쓸 고료가 없습니다."

편집장의 들뜬 목소리를 지은 선배의 차분한 목소리가 가로막았다.

"외부 필자를 왜 써? 여기 이렇게 훌륭한 에디터가 하나, 둘, 나까지 셋이나 있는데?"

"각자 맡은 코너 여섯 개씩 주간 업데이트하고 있는데, 여기서 더 늘리신다고요?"

내 목소리는 나도 모르게 떨리고 있었다. 편집장은 정말 그렇게 할 수도 있는 사람이었다. 일기 같은 편집장의 말, 술주정 같은 편집후기, 드라마 감상문, 협찬받은 식당 탐방기나 쓰면서 나와 지은 선배에게는 '킬러 콘텐츠'를 만들어내라고 성화였다.

"안 된다고 하지 말고, 진취적으로 일을 하자. 일단 뭐라도 하나씩 해봐. 요즘 유행하는 거, 그 뭐야 MBTI인가 그걸로 뭘 좀 해보든지."

"해보라고 하시면 뚝딱 나옵니까? 옛날 별자리 운세처럼 MBTI별 운세라도 써요? ESFJ의 행운의 색은 블루, 행운의 장소는 지하철, 욕심내지 않고 베풀면 귀인을 만납니다. 이렇게?"

지은 선배의 빈정거림에 갑자기 편집장의 눈이 반짝였다.

"야, 지은. 그거다."

"뭐가 그건데요?"

"우리는 아예 클래식으로 가는 거지. 유정, 너 별자리 뭐야?"

"별자리요? 그게 뭔데요?"

"이봐, 이봐. 요즘 MZ세대들이 MBTI나 알지 별자리는 모를 거 아냐. 그러니까 우리는 〈매거진 GG〉답게 유니크하게, 레트로하게 가는 거지."

"뭐래."

지은 선배는 뒤도 돌아보지 않고 자리를 떴다. 나만 편집장에게 붙잡혀서 MBTI가 심리학이라면 별자리는 천문학, 그러니 MBTI는 빅데이터 기반의 사주명리학과 비슷하고 별자리는 물리 이론에 기반한 과학적 결론 어쩌고 하는 헛소리를 한참 더 들어야 했다.

그런데 며칠이 지나 마감 날, 지은 선배는 자신이 맡은 여섯 개의 코너 원고는 하나도 제출하지 않은 채 '마담 G의 별자리 운세'라는 새로운 코너의 기획안과 첫 원고를 내밀었다. 일본의 유명한 점성술사로 TV 프로그램에도 다수 출연했다는 마담 G의 주간 별자리 운세 원고를 받아 왔다는 거였다.

"생각해보니 편집장님 말씀이 일리가 있더라고요. MBTI가 왜 그렇게 유행일까? 모두가 가장 기다리는 이야기는 자기 자신에 대한 이야기인 거구나. 지금까지 일어난 일, 앞으로 일어날 일, 다 이유가 있을 거라고 믿으면서 누군가 말로 글로 풀어주길 기다리는구나. 그럼 별자리라고 안 될 게 뭐가 있겠어요. 오히려 차별화되니 더 좋을 것 같다는 생각이 들어서 지인을 통해서 어렵게 받아 온 원고예요. 이분 별자리 운세가 진짜 적중률이 높아서 현지에서 운영하는 '마담 G 살롱'이라는 곳은 대기에만 2년이 걸린다고 합니다."

편집장은 지은 선배가 설마 진짜로 12궁도 별자리 운세를 콘텐츠로 가져올 것이라고는, 그것도 다른 코너를 포기하고 거기에만 매달릴 것이라고는 전혀 예상하지 못한 얼굴이었지만 "역시 우리 〈매거진 GG〉의 에이스!"라고 지은 선배를 칭찬했다. 나는 지은 선배가 편집장에게 제대로 한 방 먹였구나 싶어 고개를 숙이고 몰래 웃었다.

'마담 G의 별자리 운세'는 〈매거진 GG〉 웹사이트 첫 페이지에 등장한 지 이틀 만에 말 그대로 대박이 났다. 트위터에서 2만 명의 팔로워를 가진 파워 트위터리안이 "내가 로또 3등에 당첨될 수 있었던 이유.link"라며 '마담 G의 별자리 운세' 2020년 3월 셋째 주 쌍둥이자리 페이지를 링크한 것이다. 행운의 물건은 복권, 행운의 숫자 세 개는 파워 트위터리안이 인증한 로또 용지에 쭝쭝쭝 찍혀 있었다. 그 트윗은 3만 번 리트윗되었고 '좋아요'는 10만이 넘었다. 2020년 3월 넷째 주, 천칭자리 행운의 숫자를 기억해두었던 누군가가 토익 시험 정답을 맞혔다. 2020년 4월 첫째 주, 염소자리는 물이 많은 곳을 찾아가면 반가운 만남이 있다는 말을 보고 바닷가를 찾아간 누군가가 10년 동안 팬이었던 할리우드 영화배우를 우연히 만났다.

"거봐, 나 아직 감 안 죽었다니까?"

편집장은 실감이 나지 않는다는 얼굴로 기뻐했고, 나는 이게 도대체 무슨 일인가 싶어 어리둥절하기만 했다. 지은 선배만 마치 그 모든 일을 예상한 사람처럼 덤덤했다. '마담 G의 별자리 운세'에 광고를 넣고 싶다는 제안이 매일 쏟아졌다. 마담 G의 신상을 묻는 문의와 인터뷰 요청, 출간 요청까지 이어졌다. 하지만 지은 선배는 신상을 밝히지 않고 지은 선배와만 소통하는 것이 마담 G의 조건이었다면서 모두 거절했다.

"유행은 또 금방 옮겨가는 거 아시죠?"

지은 선배는 마담 G에게 별자리 운세 원고를 받아 번역하고 편집해서 올리는 일을 매주 혼자 다 하면서도 자신이 원래 맡고 있던 코너들도 늦지 않게 원고를 넘겼다. 지은 선배의 말처럼 폭발적인 관심은 점차 사그라들었다. 하지만 그래도 〈매거진 GG〉에서 가장 인기 있는 코너가 '마담 G의 별자리 운세'라는 건 달라지지 않았다. 꾸준히 조회수를 올려주는 팬층이 형성된 데다가 이따금 로또 사건처럼 별자리 운세가 비상하게 적중했다는 증언과 함께 입소문을 타며 신규 유입자가 몰리는 때도 있었다.

사실은 나도 마담 G의 팬 중 한 명이다. 마담 G는 내가 늦잠을 잔 날 회사에 지각할까 봐 서두르다가 지갑을 잃어버릴 것을 예언했다. 그리고 그다음 주에는 평소에 가지 않던 길로 가면 좋은 일이 일어날 거라고 조언했는데, 늘 다니던 골목길 옆 샛길에서 사람들의 발길에 차인 것인지 구석에 처박혀 있던 지갑을 찾을 수 있었다. 마담 G는 나에게 지은 선배의 퇴사도 귀띔했었다. 믿고 의지하던 사람이 떠나더라도 너무 서운해 말고 그를 응원해주라고. 그러면 행운이 찾아올 거라고.

나는 마담 G에게 원고를 달라는 메일을 보내는 대신 지은 선배가 남겨두고 간 외장하드를 연결했다. 지은 선배의 당부대로 인터넷 연결을 미리 끊어두는 것도 잊지 않았다. 외장하드에 담긴 것은 '마담 G'라는 실행파일

하나뿐이었다.

　처음에는 편집장에게 반항하는 마음으로 될 대로 되
라 식으로 아무 말이나 적었다고 했다. 어릴 적 잡지에서
보았던 별자리 운세 속 문장들을 떠올리면서.

　"별자리 운세가 한창 유행하던 때가 있었어. 패션잡지
를 봐도, 만화잡지를 봐도, 주부잡지를 봐도 별자리 운세
코너가 있었지. 심지어 조간신문에도 있었다니까. 재미
있는 게, 이쪽 잡지에서는 사자자리한테 빨간색이 행운
의 색이라는데, 저쪽 잡지에서는 빨간색을 피하라는 거
야. 그때 그거 쓰던 사람들도 참, 매주 매달 얼마나 힘들
었을까. 그래도 재미도 있었겠지?"

　재미있었을 거야.

　지은 선배는 그렇게 말하면서 빈 술잔을 한참 들여다
보았다. 그 얼굴에 내가 면접 날 보았던, 아주 잠깐 보았
던 표정이 떠올라 있었다.

　"유정 씨, 규칙은 하나야. 하지 말라는 말은 하지 않기.

뭐를 하면 안 좋다, 어디는 가지 말아라 그런 거. 마담 G는 절대 그런 말은 하지 않는 거야."

'마담 G'는 지은 선배가 만든 별자리 운세 생성 프로그램이다. 지금껏 지은 선배가 읽어온 잡지에 실린 별자리 운세의 문장들이 빅데이터로 입력되어 있고, 프로그램을 실행하면 랜덤하게 출력된다. 이직을 준비하면서 프로그래밍 공부를 하던 지은 선배의 첫 작품이기도 했다. 결국 선배는 프로그래머가 되지는 않았으니 마지막 작품일지도 모른다.

마우스커서를 옮겨 '마담 G' 실행파일을 클릭했다. 밤하늘처럼 새카만 배경 위에 'G' 버튼이 보였다. 마담 G를 부르는 주문은 그 버튼을 빠르게 두 번 연속 누르는 것. 딸깍딸깍, GG. 화면 위로 별들이 반짝이는 효과와 함께 2023년 10월 넷째 주의 별자리 운세가 생성되었다. 나는 생성된 문장들 중 지은 선배의 규칙에 맞지 않는 문장들을 지워나갔다. 사람이 많은 곳은 피하세요. 삭제.

지금은 때가 아니니 나서지 마십시오. 삭제. 우왕좌왕하면 소중한 시간을 흘려보낼 것입니다. 삭제.

경고와 금기 대신 조언과 행운만 있는 '마담 G의 별자리 운세'. 나는 지은 선배의 별자리인 물병자리의 운세에는 몇 문장을 덧붙였다. 당신의 안부를 궁금해하는 사람이 있어요. 누군지 아시죠? 꼭 연락해보세요.

점심시간의 혁명

효정은 발송 버튼을 누르기 전 미리보기 창으로 메일 내용을 점검했다. 신입 사원으로 입사했던 첫 번째 회사에서 사수에게 귀에 못이 박히도록 잔소리를 들어가며 익힌 습관이었다.

사수는 공포를 주는 방식으로 일을 가르치는 스타일이었다. 수신자를 착각해서 경쟁사에 업무 기밀을 유출했다거나 첨부파일을 잘못 첨부해서 금액이 전혀 맞지 않는 견적서를 보내 손해를 봤다는 등의 이야기로 효정에게 겁을 주곤 했다.

신입 사원 때는 정말 자신의 클릭 한 번으로 회사를 망하게 할 수도 있을 거라는 허무맹랑한 염려를 했었다. 아니, 신입 사원에게 그 정도로 큰일을 맡기는 회사가 더 문제 아닌가. 서너 번의 이직을 거치고 연차가 쌓이면서 그게 얼마나 우스운 일이었는지를 깨달았지만, 방심은 금물. 이제 과장이 된 효정은 회사까지는 아니어도 자신이 속한 부서 정도는 폭삭 망하게 할 메일을 보낼 가능성을 배제할 수 없었다.

상세한 내용은 첨부파일을 확인해주시고,
추가로 필요한 부분이 있으시면 말씀 주세요.

그럼 점심 맛있게 드세요.
감사합니다.

최효정 드림

효정의 메일은 비즈니스 커뮤니케이션 과정에서 오

가기에 적절하고 적당했다. 지금은 뭐 하고 사시는지 알 길 없는 첫 사수의 표현을 따르자면 효정은 '나이스한 일 처리'에 제법 자신이 있었다. 첨부파일도 잘 들어갔고, 제목에도 오탈자 없고, 수신자와 참조와 숨은 참조 모두 정확하다. 그런데 선뜻 발송 버튼을 누르고 싶지가 않았다. 메일 속의 한 문장, 아무리 업무상 주고받는 상투적인 표현이라고는 해도 진심이라고는 전혀 담기지 않은 문장 하나가 영 마음에 걸렸다. 점심 맛있게 드세요, 라니.

"너 그렇게 매사에 진심을 담겠다는 거, 그것도 다 욕심이고 허세야." 전 직장이었나, 전전 직장이었나, 그런 말을 들었던 것이 떠오르자 확 열이 뻗쳤다. 에라, 하고 발송 버튼을 눌렀다.

월요일 아침 11시 50분, 사무실은 오전 업무를 어서 마무리하고 12시부터 시작될 한 시간의 꿀 같은 점심시간을 온전히 누리려는 분주한 키보드 소리로 가득했다. 효정은 방금 보낸 메일을 끝으로 오전에 처리해야 할 업무는 다 끝낸 참이었다. 특별한 일이 없다면, 예를 들어 거래처 담당자가 효정의 메일 끝인사인 '점심 맛있게 드세요'라는 말에 담긴 '혹시 문의하거나 상의하거나 항의할 내용이 있더라도 각자 밥은 좀 챙겨 먹고 점심시간 지난 후에 다시 이야기합시다, 제발'이란 뜻을 알아채지 못하고 전화를 걸어오는 일만 없다면.

아니, 왜 오늘따라 자꾸 안 하던 걱정을 하고 괜히 짜증이 나지? 효정은 무심코 두 번째 서랍에 손을 뻗었다가 거두었다. 예전이었다면 간식 보관함으로 쓰는 두 번째 서랍을 열고 쿠키를 꺼내 먹었을 것이다. 이왕이면 초코칩이 콕콕콕 잔뜩 박힌 녀석을 골라서. 그리고 당분이 뇌를 두드리는 짜릿한 감각에 오전 업무의 피로가 가시는 것을 느끼며 만족스럽게 중얼거렸겠지. "역시 식전에는 단 걸 먹어서 뇌부터 식도와 위장까지 싹 워밍업시켜줘야 해." 예전이었다면. 그러니까, 일주일 전이었다면.

일주일 전, 문제의 그날 점심시간을 효정은 똑똑히 기

억했다. 출근하자마자 전화가 울렸다. 상대방은 다 끝난 이야기를 알 수 없는 이유로 처음부터 다시 하겠다고 성화였다. 메일은 또 왜 그렇게들 '긴급'을 달고 쏟아지던지. 팀장은 틱틱 짜증을 내고, 팀원 한 명은 무단결근을 했다. 커피 한잔 마실 틈은커녕 화장실도 못 가고 정신없는 오전을 보냈다. 12시 하고도 5분. 옆 팀의 구내식당 메이트 미현이 점심은 먹을 수 있겠느냐고, 빵이라도 사다 줄까 물어왔을 때에서야 겨우 한숨 돌릴 수 있었다.

"빵은 무슨 빵? 밥을 먹어야지. 내가 먹고살려고 이 난리를 치는데."

모니터를 끄고 자리에서 일어날 때 얼마나 홀가분했던가. 엘리베이터를 기다리는 시간조차 아까워 지하에 있는 구내식당까지 비상계단으로 뛰어 내려가며 미현과 나누었던 사소한 잡담들은 또 얼마나 재밌었나. 사내 게시판 공지에 따르면 그날부터 시작될 자율 배식 덕분에 먹고 싶은 반찬을 넉넉히 식판 위로 옮길 수 있을 거라는 기대 또한 효정을 들뜨게 했다.

자리를 잡고 앉아 가득 채운 식판을 바라볼 때는 절로 흐뭇한 미소마저 지어졌다. 입안에 따끈한 침이 고였다. 그리고 드디어 효정의 젓가락이 처음으로 향한 곳, 선택받은 반찬의 식욕을 돋우는 붉은 양념과 은은하게 풍기는 달착지근한 냄새란. 효정은 입을 크게 벌리고 그 반찬을 집어넣었다.

"이게…… 뭐야?"

정말로, 순수한 의문이었다.

맞은편에 앉은 미현도 효정과 똑같이 당황한 얼굴이었다. 효정은 자리를 박차고 일어나 구내식당 벽에 붙은 게시판으로 다가갔다. 하지만 '오늘의 메뉴'를 보고도 도무지 자신에게 일어난 이 끔찍한 일을 이해할 수가 없었다.

"이게 뭐래?"

"오징어볼이래."

"볼……?"

미현이 믿을 수 없다는 얼굴로 자신의 볼을 엄지와 검

지로 둥글게 감싸 원을 만들었다. 충분히 미현다운, 효정이 좋아하는 귀엽고 유머러스한 동작이었지만 효정은 차마 웃음이 나오지 않았다. 자신이 방금 씹어 삼킨 퍼석한 스펀지 같은 것이 '오징어볼'이라는 이름의 음식이라는 사실을 도저히 받아들일 수가 없었다.

구내식당은 효정이 이 회사에서 버티는 몇 안 되는 이유 중 꽤 중요한 하나였다. 매일 새로 버무리는 겉절이 김치, 바삭하게 지져진 감자전, 개운한 미역국과 고슬고슬하게 지은 수수밥, 가끔 특식으로 나오는 갈비찜에서 느끼는 소박한 풍요. 퇴식구 옆 디저트 코너에 놓인 요구르트에서 얻는 찰나의 달콤함. 2년 전 입사를 결정할 때 근로계약서에 적힌 '점심 제공' 네 글자가 효정에게는 얼마나 큰 가치였던가. 치솟는 물가를 고려하면 연봉 조금 올리는 것보다 구내식당이 더 나은 선택이라 여기며 여러 회사 중 이 회사를 골랐던 건데. 이따위 '오징어볼'이라니. 효정은 뭔가 불길한 예감을 떨칠 수 없었다.

그날 이후 이어진 일주일은 참혹했다. 효정의 예감이

맞아떨어진 것이다. 햄버그스테이크, 직화 떡갈비, 포크 커틀릿은 이름만 거창할 뿐 전부 같은 맛의 가공육이었다. 백김치는 소금에 오래 절여 삭아버릴 지경인 배추에 식초를 버무린 게 분명했다. 심지어 설탕 알갱이가 씹혔다. 밥은 너무 질거나 너무 되거나 혹은 타거나 설익었다. 국은 한 번도 간이 맞지 않았다. 그런 음식들일뿐더러 양조차 제대로 가늠하지 못하는지 조금만 늦게 내려가면 빈 배식 통을 마주해야 했다.

사태가 벌어진 지 사흘째인 수요일, 미현은 구내식당을 포기하고 도시락파로 전향했다. 하지만 효정은 퇴근 후의 소중한 시간을 도시락 싸는 데에 단 1초도 할애하고 싶지 않았다. 외로운 싸움이었다. 효정은 꿋꿋하게 구내식당으로 향했고, 혹시나 하는 기대는 매번 배반당했다.

그렇게 일주일이 지나 다시 월요일, 오늘이 된 것이다. 효정은 주말 동안 근로계약서를 다시 살펴보기까지 했다. 경력직 입사의 처우를 논의하는 최종 면접이 있던 날 면접관이 자랑스럽게 구경시켜주었던 구내식당과 관련해서는 역시나 그저 '점심 제공' 네 글자만 적혀 있을 뿐, 어떤 점심을 어떻게 제공한다는 내용은 적혀 있지 않았다. 하지만 그렇다고 이대로 포기할 수는 없었다.

11시 55분. 효정은 분연히 자리를 떨치고 일어났다. 그리고 다짐했다. 더 이상 이 모든 걸 감내하고만 있지는 않겠다고. 정당한 항의로 자신의 권리를 되찾겠노라고. 그간 구내식당 게시판에 '재료와 맛 점검을 부탁드립니다'라는 포스트잇을 붙이고, 구내식당을 관리하는 사내 담당자에게도 항의를 해보았으나 아무 소득이 없었다. 공짜 밥인데 대충 먹지 유난이 심하다는 말도 들었다. 하지만 이게 왜 공짜인가? 내 노동의 대가인데? 효정은 정면 돌파를 감행하기로 했다.

아직 아무도 자리에서 일어난 사람이 없었다. 그러고 보니 이 회사는 사소한 것에 치졸했다. 12시부터 점심시간이면 11시 59분 59초까지는 자리에 앉아 있어야 했다. 효정은 은밀하고 신속한 발걸음으로 사무실을 빠져나와 비상계단을 빠르게 내려가기 시작했다. 구내식당 입구에 도착한 것은 11시 57분. 시간은 충분했다. 효정은 구내식당 문을 여는 대신 복도를 빙 돌아 조리실로 향했다. 반투명한 유리문 너머로 사람의 실루엣이 보였다.

11시 58분. 효정이 힘차게 조리실 문을 열어젖혔다.

"저기요!"

하얀 위생복을 입은 사람이 놀란 얼굴로 뒷걸음질 쳤다. 효정은 그의 손사래에도 멈추지 않고 안으로 밀고 들어갔다.

"여, 여기는 들어오시면 안 되는데……."

"잠시만요! 말씀드릴 게 있어요!"

왜 이렇게 맛이 변했냐고. 재료며 맛이며 뭐 하나 제대로 된 것이 없다고. 밥이 얼마나 중요한데. 밥 좀 먹어보겠다고 일하는데, 책임감을 갖고 임해주셔야 하는 거 아니냐고, 도대체 일을 어떻게 하고 계신 거냐고 쏘아붙이려 했던 효정의 눈에 조리실 풍경이 들어왔다.

11시 59분, 효정은 우뚝 멈춰 섰다. 조리실에는 사방에서 뜨거운 김을 내뿜고 있는 거대한 조리 기구들밖에 없었다. 그러니까 다른 사람이 한 명도 없었다. 그제야 자신의 앞에 선 사람의 지친 얼굴이 보였다.

12시. 구내식당으로 사람들이 몰려오는 소리가 들렸다. 효정은 이제 진짜 뭔가를 시작하는 수밖에 없다고 생각했다. 자신의 에너지가 향해야 할 곳은 여기가 아니었고 여기서 멈추고 싶지 않았다. 욕심이든 허세든, 진심을 담아서.

밀크드림

사랑에 빠진 사람의 눈빛은 어쩜 저렇게 티가 날까. 주영은 감탄했다. 감탄하면서 현정을 바라보았다. 20년 만이었다. 그런데도 단번에 현정을 알아볼 수 있었다. 넌 그대로구나, 여전하구나. 살면서 가끔씩 현정을 떠올릴 때마다 그려보던 모습 그대로, 마치 주영의 머릿속에서 나온 것 같은 모습으로 현정이 눈앞에 있었다.

"선생님!"

민아가 달려와 주영의 팔짱을 꼈다.

"얼른 가요! 늦겠어요!"

민아가 주영을 사람들이 모여 있는 곳, 현정이 있는 곳으로 이끌었다. 연예기획사 MD엔터테인먼트의 사옥 앞이었다. 수십 명의 사람들이 검은 마스크를 쓴 채 피켓을 들고 모여 있었다. 그들은 모두 아이돌그룹 '밀크드림'의 팬이었다.

주영은 토요일마다 구립도서관에서 초등학생을 대상으로 글쓰기 강좌를 운영했다. 민아는 주영이 가르치는 아이들 중에서 가장 영민한 아이였다. 특히 스스로의 감정을 똑바로 바라보고 숨김없이 쓰는 재능이 있었다. 민아가 쓴 글을 읽고 있으면 친구와 다툰 뒤에 친구가 먼저 화해를 청해오길 바라는 마음이, 가족들이 모두 외출한 빈집에서 이유 모를 눈물이 나는 순간이, 낮잠을 자고 일어난 토요일 오후의 기분이 생생하게 와닿았다.

그런 민아가 얼마 전부터 사랑에 빠진 사람만이 쓸 수 있는 글들을 쓰기 시작했는데, 그 사랑의 대상이 바로 밀크드림이었다. 밀크드림의 노래 가사를 변용한 문장들이 많았다. 주영이 그 문장들을 알아보자 민아는 무척이나 반가워했다. "선생님도 밀크드림 좋아하세요?" 그렇게 묻는 민아의 눈에 떠오른 빛을 주영은 알아볼 수 있었다. 똑같은 눈으로 똑같은 질문을 했던 사람이 있었으니까.

"안 오실 줄 알았어요."

"오기로 약속했잖아."

"약속하고 안 지키는 사람도 많잖아요."

그 말에 주영은 심장이 내려앉는 것 같았다. 민아의 동그란 머리를 내려다보며 안쓰러운 마음이 들기도 했지만 그보다 자신이 그동안 지키지 않았던 무수한 약속들이 떠올랐기 때문이었다. 그 약속들 중에는 현정과 했던 약속도 있었다.

밀크드림이 '밀레니엄 크리티컬 드림팀'의 약자라는 걸 알려준 사람이 현정이었다. 주영은 그 사실이 얼마나 충격적이었던지 자신의 첫 번째 유서에도 적었다. '나의 유서 쓰기'는 주영의 초등학교 5학년 겨울방학 숙제였다. 1999년. 바야흐로 세기말이었고, 어린이들에게도 '끝'에 대한 현실적인 상상력이 필요한 시절이었다. 하지만 아무리 시절이 그러하더라도 우윳빛 원피스를 입고 첫사랑의 순애보를 노래하는 4인조 여성 아이돌그룹에게 새천년을 뒤흔들겠다는 강렬한 야망이 숨겨져 있을 줄은 꿈에도 몰랐다.

그리고 2020년대의 초등학생이 밀크드림의 팬이 될 수 있다는 것도, 정말, 몰랐다. 20세기에 해체한 아이돌그룹이 21세기의 유튜브 알고리즘에서 부활해 현역 시절보다 더 큰 인기를 얻게 되리라는 걸 누가 상상할 수 있었을까. 게다가 폭발적인 동영상 조회수와 댓글 반응으로 그룹의 재결합을 이끈 21세기의 팬들이 멤버들에 대한 소속사의 부당한 처우에 항의하기 위해 20세기의 방식으로 소속사 사옥 앞에서 침묵시위를 하게 될 줄은. 무엇보다도 그 자리에 주영 자신이 있을 거라는 걸 1999년의 주영은 알지 못했다.

*

"밀크드림 좋아해?"

주영은 고개를 끄덕였다. 아마 어떤 질문이었더라도 고개를 끄덕였을 것이다. 초콜릿 좋아해? 수학 좋아해? 혹은 다른 무엇이었더라도. 전학 첫날이었다. 짝이 된 아이가 건넨 질문엔 무조건 긍정의 신호를 보내려 했다. 잘 보이고 싶었으니까. 초등학교 입학 후 벌써 세 번째 전학이었다. 주영도 요령이 생겼다. 이미 그 안에 관계와 역할이 형성되어 있는 아이들의 무리에 끼는 건 쉽지 않은 일이었다. 그냥 딱 한 명, 주영에게 호감을 느끼고 먼저 다가와줄 한 명만 있었으면 했다. 손을 내밀어주기만 한다면 그 손을 놓지 않을 자신이 있었다.

현정은 자신이 직접 만든 필통이라며 직사각형 상자를 보여주었다. 아까워서 책상 위에 꺼내두지도 않고 책상 서랍에 넣어둔다고 했다. 두꺼운 종이 위에 잡지를 오려 붙인 다음 투명한 비닐로 감싼 것이었다. 잡지에서 오려낸 건 당연하게도 밀크드림 멤버들의 모습이었다.

"짱이지?"

주영은 이번에도 열심히 고개를 끄덕였다. 그 모습이 마음에 들었는지 현정은 학교 앞 문방구에서 산 밀크드림의 인화 사진들과 캐리커처 스티커도 보여주었다.

"넌 누구 좋아해? 내가 특별히 하나 줄게."

멤버들의 이름을 알기는커녕 밀크드림의 멤버 네 명을 구분하지도 못했던 주영은 같은 포즈의 사진이 여럿 있는 멤버를 손가락으로 가리켰다. 비슷한 사진들이니 그중 하나를 달라고 해도 괜찮지 않을까 생각했던 것이다. 비슷한 사진들인데도 다 가지고 있는 건 현정이 가장 좋아하는 멤버이기 때문이라는 것도 모르고.

"너도 미미 언니 팬이구나! 보는 눈이 있네!"

현정은 주영에게 사진을 주는 대신 가방에서 노트를 하나 꺼냈다. 새 노트였다. 겉장에 미미의 캐리커처 스티커를 두 개 붙였다. 그 노트는 현정과 주영의 교환 일기장이 되었다.

주영은 밀크드림에 대해 열심히 공부했다. 먼저 밀크드림의 카세트테이프를 샀다. 1집과 1.5집, 2집이 있었다. 매일 반복해서 들으며 노래 가사를 외웠다. 밀크드림의 인터뷰가 실린 과월 호 잡지를 구했고, 밀크드림의 전화사서함을 들었다.

그러는 사이 팬들의 문화에도 익숙해져서 현정과 더 풍성한 이야기를 하려면 밀크드림에서 가장 좋아하는 멤버가 겹치지 않는 편이 낫다는 것도 알게 되었다. 현정이 좋아하는 멤버인 미미는 밀크드림의 리더이자 메인 보컬이었다. 주영은 미미와 데뷔 전부터 친구인 래퍼 수를 좋아하기로 했다. 가요 프로그램이 방송된 다음 날이면 일부러 수에 대해 찬양하듯 이야기했다.

"무대 내내 수 언니밖에 안 보이더라. 카리스마 짱."

"미미 언니는 완전 천사였거든. 빛이 났거든."

발끈한 현정과 누가 더 최고인가 아웅다웅하다가 어쨌든 밀크드림이 최고라는 결론을 내곤 함께 웃었다.

주영이 전학을 하고 얼마 되지 않아 여름방학이 시작되었다. 다행히 현정과 주영은 같은 아파트에 살았다. 매일 아침 단지 내 놀이터에서 만났다. 그네와 철봉, 정글짐만 있는 낡은 놀이터였다. 다른 아이들은 근처의 새로 생긴 공원 놀이터에 다녔다. 주영과 현정만이 찾는 듯한 그 놀이터에서 하루씩 번갈아 가져갔던 교환 일기장을 건네고 건네받았다. 나란히 그네에 앉아 아무 얘기나 하다가 점심때가 되면 각자의 집으로 돌아갔다. 현정에게는 고등학생인 오빠가 한 명 있었는데, 맞벌이를 하는 부모님 대신 현정이 오빠의 밥상을 차려주어야 했다.

"진짜 싫어. 열라 싫어. 미친 새끼."

욕을 하면서도 현정은 쌀을 씻으러, 계란프라이를 부치러, 된장국을 데우러 가곤 했다. 주영이 외동이어서 부럽다고 하면서. 주영은 늘 형제자매가 있는 아이들이 부러웠다. 부모에게서 쏟아지는 무거운 감정을 나눠 받을 존재가 필요했다. 하지만 현정에게 그런 이야기를 하지는 않았다.

점심을 먹고 나면 주영은 수영 강습을 가고 현정은 피아노학원을 갔다. 해가 지기 전에 놀이터에서 다시 만날 때도 있었다. 먼저 도착한 쪽이 정글짐 어딘가에 쪽지를 숨겨놓았다. 칠이 벗겨져 녹슨 쇠기둥을 잡고 손에서 비릿한 냄새가 날 때까지 정글짐 안쪽을 돌아다니다 보면 스티커로 붙여놓은 쪽지를 찾을 수 있었다. 스티커는 별이거나 하트이거나 스마일이었다. 쪽지 안에는 별다른 내용이 없었다.

'안녕? 나야. 안녕!'

'뭐 해? 심심해. 얼른 와.'

'바보. 바보. 바보. 아니야. 바보 아니야.'

그런 짧은 쪽지들을 보물이라도 찾은 것처럼 주머니에 소중하게 챙겨 넣었다. 시간이 지나 그 시절을 생각할 때면 덜 마른 머리카락이 뺨에 달라붙던 감촉과 느리게 기울던 여름날의 저녁 해, 코 안쪽이 싸하던 쇠 냄새가 떠올랐다. 현정의 휴대용 카세트테이프 플레이어에서 흘러나오던 밀크드림의 노래와 함께.

*

MD엔터테인먼트 사옥 앞에 모인 팬들은 스무 명 정
도였다. 한여름에 검은 옷을 입고 검은 마스크를 쓴 채
줄을 맞춰 앉아 있었다. 한쪽에서는 몇몇 사람들이 간이
테이블을 놓고 다른 참가자들에게 생수를 나눠 주었다.
그 사람들 중에 현정이 있었다. 민아가 그곳에 가서 참석
명단에 서명을 해야 한다고 했다. 미성년자인 민아의 보
호자로서 주영도 서명을 해야 했다.

─선생님, 부탁이 있어요.

민아에게서 문자메시지가 온 건 지난밤이었다. 주영
은 강습생들과 개인적인 연락을 주고받지 않는 걸 철칙
으로 여겼지만 그 메시지에는 답장을 하지 않을 수가 없
었다. 민아가 또래 아이들로부터 따돌림을 당하고 있다
는 걸 알고 있었기 때문이었다.

민아는 자신을 괴롭히는 아이들을 악몽을 꾸게 하는
유령에 빗대어 글을 쓴 적이 있었다. 침대를 차갑고 끈적

이는 늪처럼 만들고, 이불을 무거운 바위처럼 만들어 악몽을 꾸게 한 다음 그 악몽 속까지 따라와 밤새도록 괴롭히는 유령들. 주영은 민아의 부탁이 그와 관련된 것이리라고 생각했다.

―무슨 부탁인데?

―꼭 들어주신다고 약속해주세요.

―그래, 약속할게.

민아의 답장은 한참 뒤에 도착했다. 그동안 주영은 여러 생각을 하느라 손톱을 물어뜯었다. 너무 망설임 없이 약속하겠다고 한 게 아닐까. 그게 가벼워 보였던 게 아닐까. 그래서 믿을 수 없어진 게 아닐까. 민아가 연락할 만한 다른 사람이 있을까. 그 사람은 믿을 만한 사람일까. 혹시 잘못된 신호로 받아들이는 사람이면 어떡하지.

초조함에 다시 한번 민아에게 메시지를 보내려고 할 때 답장이 도착했다.

―내일 저랑 여기 같이 가주세요. 보호자가 필요해요.

이미지 파일이 함께 왔다. 'MD엔터테인먼트에 항의

하는 밀크드림 팬들의 침묵시위'라는 제목의 홍보 포스터였다. '미성년자는 보호자 동반 시에만 참가 가능합니다.' 붉은색 안내문이 눈에 들어왔다.

주영은 현정이 이 시위를 주최한 사람 중 한 명이라면, 그 안내문은 분명 현정이 붙였을 거라고 생각했다. 일부러 정자로 서명을 하면서 현정이 자신을 알아본다면 어떻게 반응해야 할지 고민했다. 너무 반가워하는 건 적절하지 않은 것 같았다. 주변의 분위기가 몹시 비장했다. 일단 연락처를 교환해야겠다고 생각했다. 그리고 다음에 만날 약속을 잡고……. 하지만 주영과 민아가 서명을 마치고 방석과 생수를 건네받는 동안 현정은 무심하게 자기 할 일을 할 뿐이었다. 주영과 두어 번 눈이 마주쳤지만, 주영을 알아보지 못하는 것 같았다.

"저쪽에 가서 앉으시면 돼요. 너무 덥거나 힘들면 무리하지 마시고요."

주영은 민아와 함께 줄의 끝에 앉았다. 민아가 가방에서 직접 만든 피켓을 꺼냈다. 'MD엔터테인먼트는 소속

가수에 대한 착취를 멈춰라. 밀크드림 멤버들이 원하는 자유로운 활동을 보장하라.'

*

여름방학이 끝나갈 무렵, 주영과 현정의 교환 일기장은 'M'에 대한 분노와 저주로 가득 찼다. 밀크드림의 소속사 사장인 문명원을 뜻하는 약자였다. 현정은 그가 도무지 제대로 하는 일이 없다며 비난했다.

"언니들을 구해야 해."

"어떻게?"

"방법을 찾아봐야지."

그렇게 말하는 현정의 얼굴은 결연했다. 그때 밀크드림은 남자 아이돌그룹인 '브라이트'의 팬들에게서 공격을 당하고 있었다. 해운대 해수욕장에서 진행된 가요 프로그램의 여름 특집 공개방송 때문이었다.

그날 밀크드림은 파란 세일러칼라가 달린 아이보리색

블라우스에 같은 아이보리색 플리츠스커트를 입고 있었는데 공교롭게도 브라이트의 무대의상과 디자인이 비슷했다. 여름 해변가에서 세일러 디자인의 의상을 입는 건 흔한 일이었는데, 문제는 진행자의 경솔한 발언이었다. 평소에도 무례한 발언으로 아이돌 팬들 사이에서 불만이 많이 나왔던 남자 진행자가 밀크드림의 미미와 브라이트의 한 멤버가 똑같은 디자인의 베레모를 쓴 것을 놓치지 않고 "커플룩처럼 잘 어울린다. 혹시 비밀 연애라도 하는 것 아니냐"라고 말해버린 것이다.

객석에서는 당연히 야유가 터져 나왔다. 방송 진행이 불가능할 정도였다. 진행자는 뒤늦게 상황을 파악하고 사과했다. 평소처럼 방송국에서 진행된 녹화라면 이쯤에서 마무리가 되었을 텐데 하필이면 야외무대에서의 공개방송이었던 것이 문제였다.

브라이트의 한 팬이 무대 뒤쪽에서 눈물을 흘리는 미미와 미미를 달래는 브라이트의 멤버를 보았다고 말했다. 브라이트의 팬들이 해수욕장을 빠져나가려는 밀크드림의 차량을 둘러쌌다. 밀크드림의 팬들은 브라이트의 팬들을 밀어내며 길을 트려고 했고 몸싸움 끝에 브라이트의 팬 세 사람과 밀크드림의 팬 두 사람이 뒤엉켜 넘어지며 부상을 입었다. 그 소식은 뉴스에 '무분별한 사랑이 초래한 어이없는 사고'라는 헤드라인으로 보도되었다.

뉴스가 나가고 난 뒤, 밀크드림 멤버들이 함께 생활하는 숙소에 정체불명의 소포들이 매일 배달되기 시작했다. 갈기갈기 찢긴 멤버들의 사진에는 피를 연상시키는 붉은 액체가 뿌려져 있었고, 상한 음식과 살아 있는 벌레들이 팬들이 보낸 선물인 양 하트 모양 상자에 담겨 있었다.

밀크드림이 가요 프로그램 무대에 오르면 팬들의 응원 소리보다 욕설이 더 크게 들렸다. 브라이트는 남자 아이돌 중 가장 인기가 높았다. 발표하는 노래마다 순위 프로그램에서 1위를 하는 건 물론이고 5주 연속 1위를 해서 더 이상 1위 후보에 오르지 못하게 되었는데도 엔딩

무대를 장식했다. 그에 비해 밀크드림은 10위권에도 겨우 들었다. 팬들의 수도 크게 차이가 났다. 방송국 주차장에서 밀크드림의 팬들이 브라이트의 팬들에게 집단 구타를 당하기도 했다. 그 모든 일들이 밀크드림 팬들의 전화사서함을 통해 퍼져나갔다.

사서함 센터에 전화를 건 다음 개인 사서함 번호를 누르면 사서함 주인이 녹음해놓은 메시지를 듣거나 메시지를 남길 수 있었다. 주영과 현정도 사서함 번호를 갖고 있었다. 매일 만나고 교환 일기까지 쓰는데도 또 전하고 싶은 말이 생겼다. 그런 말들은 불쑥 찾아오는 것이어서 글로 쓰거나 다음 날까지 담아둘 수가 없었다. 부모님 몰래 현관문을 열고 나와 아파트 단지 입구에 있는 공중전화 부스까지 달렸다. 주머니 속에서 동전들이 짤랑짤랑 부딪쳤다.

"너무 억울해. 나 진짜 억울해. 그런데 내 말은 들어주지도 않아."

"진짜 싫어. 죽어버렸으면 좋겠어."

"절대로 잊지 않을 거야. 영원히 기억할 거야."

그런 말들은 공중전화 부스 안에서만 울렸다. 메시지 녹음은 1번, 취소는 2번을 누르라는 안내 음성이 나오면 꼭 2번을 눌렀다.

"내일 나 용돈 받는데, 떡볶이 먹으러 갈까?"

"오늘 꿈에 밀크드림 나오면 좋겠다. 언니들이랑 놀이 동산 가는 꿈을 꾸고 싶어."

"우리 영원히 밀크드림 팬 하자. 그렇게 약속하자."

울음기가 채 가시지 않은 목소리로 녹음한 말들이 사실 어떤 뜻인지, 서로는 알고 있다고 생각했다. 그렇다고 주영은 믿었다. 현정도 그럴 거라고.

그래서 현정의 사서함에 다른 사람도 메시지를 남긴다는 걸 알았을 때, 주영은 심한 배신감을 느꼈다. 주영은 다른 누구에게도 사서함 번호를 알려준 적이 없었다. 현정 말고는 다른 사람의 사서함에 메시지를 남긴 적도 없었다. 그런데 현정은 아니었다.

주영은 자신의 사서함을 폐쇄했다. 그리고 그 사실을 현정에게 말하지 않았다. 어느 날 주영의 사서함 번호를 누른 현정이 그 번호가 없는 번호라는 안내 음성을 듣고 당황하기를 바랐다. 하지만 그런 일은 일어나지 않았다. 일어나지 않았을 것이라고 주영은 생각한다. 주영과 현정은 여름방학이 끝나기 전에 서로에게 절교를 선언했다.

*

─선생님, 뒤 좀 보세요.

민아의 메시지에 뒤를 돌아보니 시위에 참가한 인원이 한참 늘어나 있었다. 이제 다 합치면 100명은 될 것 같았다. 이렇게 많은 사람들이 숨소리조차 크게 내지 않고, 땀을 흘리며, 가만히 앉아 있다니. 같은 마음으로. 주영은 그들 중 앳된 얼굴의 몇에게 특히 더 눈길이 갔다. 저 아이들에게 지금 이 순간이 나중엔 어떻게 기억될까.

─이렇게 앉아 있기만 하면 되는 거니?

—해가 질 때까지만 앉아 있을 수 있대요. 해산하기 전에 우리가 요구하는 내용을 다 같이 외칠 거랬어요.

—배고프진 않니?

—아침 많이 먹고 왔어요.

민아가 가방에서 초콜릿을 꺼내 주영에게 건넸다. 그리고 반대쪽 옆자리에 앉은 누군가에게도 초콜릿을 나눠 주었다. 그에게서는 종이 팩에 든 초코우유가 돌아왔다.

—우리 팬들 다들 너무 좋은 사람들이죠?

—그러네.

—저는 밀크드림도 좋지만 밀크드림 팬들도 좋아요.

주영은 메시지를 여러 번 썼다 지웠다. 뭐라고 말을 꺼내면 좋을까. 여기 있는 사람들 말고 다른 사람들, 주변의 또래들 중에는 좋은 사람이 없는지. 그래서 힘든지. 그래도 괜찮은지. 괜찮지 않지만 어쩔 수 없는지. 그런 걸 물어도 될까?

—민아야. 하나만 물어봐도 될까? 대답하기 싫으면 하지 않아도 돼. 듣고 싶지 않으면 묻지 말라고 해도 돼.

―괜찮아요.

괜찮다는 말을 들으니 더욱 망설여졌다. 주영은 친구들하고, 라고 썼다가 지웠다.

―주변 아이들하고 좋지 않은 것 같아서…… 괜찮니?

민아가 하하 웃는 개구리 이모티콘을 보냈다.

―부산에 사는 친구가 있거든요. 동갑이에요. 밀크드림 팬이어서 알게 됐어요. 그 친구도 여기 오고 싶어 했는데, 서울이 멀기도 하고 같이 가달라고 할 보호자도 없다고 해서. 제가 걔 몫까지 잘하고 오기로 했거든요. 이거 피켓에 쓸 말도 같이 정했거든요. 그래서 꼭 와야 했어요. 선생님 같이 와주셔서 감사해요. 걔도 너무 감사하대요.

민아가 주영에게 자신의 휴대폰을 보여주었다. 꾸벅 허리를 숙여 인사하는 개구리 이모티콘이 보였다. 민아의 친구가 보낸 것이었다.

―이 친구가 있어서 괜찮아요.

주영은 딱 한 사람만 있으면 모든 게 괜찮아지는 마음

에 대해 알고 있었다. 그래서 민아가 정말 괜찮다는 걸 믿었다. 그리고 민아의 마음이 오래 지켜지기를 빌었다.

시간이 흐를수록 침묵시위에 참여하는 팬들이 늘어났다. MD엔터테인먼트 사옥 정문 앞에서 시작된 줄이 건물을 한 바퀴 돌아 다시 정문까지 이어지는 거대한 고리가 되었다.

"잠시 후부터 MD엔터테인먼트에 밀크드림 팬들의 요구 사항을 전달하도록 하겠습니다."

팬들 사이를 오가며 외치는 현정의 목소리에 주영은 그날을 떠올렸다. 현정의 모습이 꼭 '인천언니' 같다고 생각했다.

*

인천언니는 밀크드림의 팬클럽 인천 지역장이었다. 밀크드림의 데뷔 무대부터 '현장'을 뛰었던 덕에 밀크드림 멤버들이 얼굴도 알고 이름도 불러준다고 했다. 인천언니의 사서함에는 밀크드림과 팬들이 브라이트의 팬들에게 어떤 수모를 당하고 있는지가 매일 등록됐다.

주영과 현정은 공중전화 부스에서 머리를 맞댄 채 수화기 너머로 들려오는 인천언니의 생생한 현장 중계를 들었다. 차에서 내리는 밀크드림 멤버에게 브라이트의 팬이 계란을 던졌다는 비보와 다행히 매니저가 몸을 날려 그 계란을 대신 맞았다는 이야기 끝에 인천언니가 비장하게 덧붙였다.

"더 이상은 참을 수 없습니다. 이번 주 일요일 아침 9시, 미래기획 앞으로 모입시다. 우리의 뜻을 보여줍시다."

미래기획은 MD엔터테인먼트의 당시 이름으로, 압구정의 빌딩 한 층을 사무실로 쓰고 있었다. 주영은 현정의 눈치를 살폈다. 일요일엔 교회를 가야 했다. 하지만 밀크드림이 이런 엄청난 위기에 빠졌는데 찬송가만 부르고 있어도 될까. 그때는 주영도 현정만큼은 아니어도 밀크드림의 팬이 되어 있었다.

"너도 갈 거지?"

현정이 속삭였다. 주영은 고개를 끄덕였다. 그러자 현정이 뜻밖의 행동을 했다. 수화기를 내려놓는 대신 1번을 누른 것이다. 현정은 인천언니의 사서함에 메시지를 남겼다.

"지 현정이에요. 언니, 저도 꼭 갈게요. 그날 만나요."

너 뭐야? 지금 뭐 하는 거야? 주영은 그 자리에서 현정에게 따져 묻진 못했다. 그저 굳은 얼굴로, 차가운 눈빛으로, 현정이 자신의 상태를 알아주기를 바랄 뿐이었다. 하지만 현정은 일요일 아침에 아파트 단지 입구에서 만나자는 말만을 하고는 집으로 가버렸다.

그날 밤 주영은 가족들이 잠든 사이 공중전화 부스로 향했다. 그리고 자신의 사서함을 폐쇄해버렸다. 확인하지 않은 메시지가 한 건 있었지만, 당연하게도 현정의 메시지일 터였지만, 그 내용이 너무나 궁금했지만 바로 그렇기 때문에 그걸 확인하는 건 자존심이 상하는 일이라고 생각하면서. 주영은 메시지를 확인하지 않은 채로 폐쇄를 확정하는 버튼을 눌렀다.

주영과 현정이 살던 자양동에서 압구정까지는 한 번에 가는 버스가 있었다. 영동대교를 건너며 주영은 혼자서 한강을 건너는 게 처음이라는 걸 깨달았다. 옆자리에 현정이 앉아 있었지만, 주영은 그 순간 자신이 혼자라는 걸 알 수 있었다. 온전히 자신의 선택과 의지로 움직이고 있었다. 사실은 가고 싶지 않은 마음마저도 이겨내면서.

"소속사는 소속 가수의 안전을 보장하라!"

"밀크드림 사랑해! 밀크드림 영원해!"

"경찰 수사를 의뢰하고 고소 고발을 진행하라!"

"밀크드림 사랑해! 밀크드림 영원해!"

미래기획 사무실 앞에는 벌써 많은 팬들이 모여 있었다. 밀크드림의 팬클럽을 상징하는 초코우유색 풍선과 손수건이 보였다. 머리에 띠를 두른 사람도 있었고, 장대 같은 걸 들고 있는 사람도 있었다. 뉴스에서 보던 '데모' 같았다. 주영은 겁이 났다. 주영의 부모는 데모하는 사람들을 보면 혀를 차곤 했다.

"우리도 가자!"

현정이 주영의 손을 잡았다. 주영은 그 손을 뿌리쳤다. 현정은 당황한 얼굴로 주영과 사람들을 번갈아 보다가 곧 사람들을 향해 달려갔다. 주영을 세워둔 채로, 혼자 달려가버렸다.

주영은 주춤주춤 현정의 뒤를 따라 걸었다. 걸어가면서 현정이 누군가와 반갑게 인사를 하는 것을 보았다. 한 손에 확성기를 들고 다른 한 손에는 피켓을 들고 있었다. 피켓에는 "악덕사장 문명원은 소속가수 지켜내라! 밀크드림 공식 팬클럽 밀크초콜릿 인천지역 팬 일동"이라고 적혀 있었다. 인천언니였다.

현정과 인천언니가 얼굴까지 아는 사이라니. 당장 돌아서서 혼자 집으로 가고 싶기도 했지만 현정과 인천언니가 있는 곳으로 가서 함께 밀크드림 멤버들의 이름을 외치고 싶은 마음도 있다는 것이, 주영을 슬프게 했다.

*

"하나. MD엔터테인먼트는 소속 타 연예인 관련 행사에 밀크드림과 밀크드림의 팬들을 동원하는 일을 멈추십시오."

"하나. MD엔터테인먼트는 밀크드림 멤버들의 의견을 존중하고 멤버들이 원하는 활동을 적극적으로 지원하십시오."

선창을 따라 팬들이 목소리를 하나로 모았다. 소리 높여 외친 것이 아니라 저마다 말하듯이 내뱉은 것인데도 모이니 거대한 울림이 되었다. 그 소리에 지나가던 행인들이 멈춰 섰다. 차를 타고 가던 사람들도 창문을 내리고 무슨 일인지 살폈다. 민아가 주영에게 속삭였다.

"선생님, 저 지금 너무 신기해요. 너무 떨리고 너무 좋아요."

주영도 고개를 끄덕였다. 같은 말을 하는 사람들과 모여 있다는 건 신기하고, 벅찬 일이었다. 지금이라면, 현정에게 다가가 인사를 할 수 있을 것 같았다. 나야, 주영이야. 기억해? 그렇게 물을 수 있을 것 같았다. 미안해,

약속 못 지켜서. 정말 미안했어. 그런 말도 할 수 있을 것 같았다.

그때 멀리서 점점 가까워지는 사이렌 소리가 들렸다. 경찰차였다. 현정과 몇 사람이 다가갔다.

"미성년자가 집회에 동원되었다는 신고가 들어와서 확인하러 왔습니다."

민아가 주영의 팔을 꽉 붙들었다.

*

"하여간 문제야, 문제. 너무 나서는 것들은 다 문제라니까."

"그러니까요. 무슨 생각으로 저러나 몰라."

주영의 부모가 껍질을 깎아 조각낸 사과를 먹으면서 말했다. 뉴스에서는 주영이 알고 있지만 알지 못하는 장면들이 잇달아 나왔다. 미래기획 사무실 창문으로 돌을 던지는 사람들, 사장의 차인 줄 알고 애먼 주민의 승용차를 부수는 사람들, 바닥에 드러누워 울부짖는 사람들, 경찰들, 경찰에게 끌려 나가는 사람들…… 저 사람들 중에 인천언니도 있을까? 주영은 부모의 눈치를 살피며 TV 쪽으로 조금 더 가까이 다가가 앉았다.

그날 인천언니와 언니의 친구들이 주영과 현정에게 햄버거를 사주었다. 감자튀김과 밀크셰이크도 사주었다. 주영은 처음 먹어본 밀크셰이크의 달콤한 맛보다도 현정과 인천언니가 주고받는 대화에, 자신은 모르는 그 둘만의 이야기에 신경을 곤두세우고 있었다.

둘은 한두 번 만난 사이가 아닌 것 같았다. 인천언니가 현정을 보러 온 적도 있었고, 현정이 인천언니를 보러 두 시간이 넘게 지하철을 타고 인천에 간 적도 있었다. 인천언니는 현정을 "우리 현정이"라고 불렀다.

"우리 현정이랑 친구는 이제 집에 가. 나머지는 언니들이 잘할게."

그때는 꼭 어른 같아 보였던 인천언니는 고등학교 1학

년이었다. 언니가 입고 있던 교복은 재킷, 조끼, 펜슬스커트의 스리피스 정장 스타일에 넥타이까지 있어서 더 어른처럼 보였다.

　뉴스 앵커가 난동을 피운 팬들 중에는 어린 학생들이 다수 있었다고 말했다. 모자이크 된 화면과 함께 변조된 음성으로 잘못이라고 생각하지 않는다는 누군가의 말이 흘러나왔다. 언니들이 잘하겠다더니, 저런 게 잘하는 건가. 주영은 삐죽 웃음이 나왔다.

　"어머, 더 어린애들도 있었나 봐."

　"아무것도 모르는 애들까지 꼬여냈나 보네."

　"정말 큰일 내겠네."

　"아니야."

　그 말은 속으로 하려던 말이었다. 왜 밖으로 나왔는지 모를 일이었다. 한번 나오고 나니 멈출 수도 없었다.

　"꼬여낸 거 아니야. 아무것도 모르는 거 아니야. 다 잘못한 거 아니야."

말을 하면 할수록 주영의 목소리는 커졌다. 점점 울음이 섞이다가 엉엉 울고 말았다. 주영의 부모가 그런 주영을 감싸안고 도닥여주는 사람들이었다면, 주영은 현정에게 그렇게 나쁘게 굴지 않았을 것이다. 하지만 주영의 부모는 다그치고 추궁하는 사람들이었고, 주영은 결국 자신이 뉴스 화면 속 현장에 있었다는 것과 현정의 이름을 말하고 말았다.

주영이 울며 매달리고 빌어도 주영의 부모는 현정의 집으로 향했다. 그날 현정에게 무슨 일이 있었는지 주영은 알지 못한다. 다음 날 놀이터에서 만났을 때, 현정이 소매가 긴 티셔츠와 두꺼운 청바지를 입고 있는 걸 보고 무언가를 짐작했을 뿐. 그때 그냥 현정을 끌어안았더라면, 그렇게 하고 싶었던 대로 솔직하게 굴었더라면. 하지만 주영은 그렇게 하지 않았다.

"너 땜에 괜히 거기 가서 혼났어."

"내가 억지로 끌고 갔니?"

"나 사실 밀크드림 안 좋아해."

"그럼 다 거짓말이었어?"

너는 나한테 왜 다 말하지 않았는데? 그 말은 하고 싶지 않았다. 주영은 피가 날 때까지 입술을 깨물었다. 누가 먼저 절교라는 말을 했는지는 기억나지 않았다.

*

신고자는 근처에 사는 주민이라고 했다. 당장 사람들을 해산시키라며 경찰을 잡아끌었다. 그가 민아에게 손가락질을 하며 다가왔다.

"이거 보라고! 아무것도 모르는 애까지 데리고 나와서 이게 다 무슨 소란이야!"

민아가 자리에서 일어났다.

"저 아무것도 모르지 않거든요!"

주영도 함께 자리에서 일어났다.

"제가 보호자예요. 이 친구는 자기 의지로 여기 온 겁니다."

"보호자? 어른이면 어른답게 애를 지켜야지! 저 사람들이 멋모르는 애를 부추기는 걸 왜 가만히 두나?"

그가 주영의 어깨를 밀쳤다. 주영의 몸이 휘청거렸다. 민아가 비명을 질렀다.

"선생님!"

"선생? 선생이 이런 데 학생을 데리고 와도 돼?"

"이런 데가 어떤 덴데요?"

그와 주영의 사이를 막아선 것은 현정이었다. 주영은 이전에 마지막으로 보았던 현정의 모습을 떠올려보았다. 주영의 기억 속에 남은 현정의 마지막은 언제인가. 여름방학이 끝나고 교실에 돌아가자 주영 쪽으로는 고개를 돌리지 않으려고 애쓰는 것이 티가 나던 옆모습. 학년이 올라가고 반이 바뀐 뒤 복도에서 우연히 맞닥뜨리자 주영에게 보란 듯 다른 아이의 팔짱을 낀 채 소리 내어 웃던 얼굴. 초등학교 졸업식에서도, 같은 중학교에 진학한 후 입학식에서도 끝끝내 주영을 모른 척했던 현정.

주영은 중학교를 졸업하기 전 그 동네를 떠나 압구정

으로 이사를 했다. 부모님의 뜻에 따라, 입시에 유리하다
는 고등학교에 진학하기 위해서. 이삿짐을 정리하다가
현정과의 교환 일기장을 발견하고 그대로 이전 집에 두
고 나왔던 것이 오래도록 후회되었었다.

그리고 그 무엇보다도 1999년 겨울, 밀크드림이 해체
한다는 소식을 듣고 오랜만에 눌러보았던 현정의 사서
함에서 밀크드림의 뜻을 이야기하며 웃던 때와 똑같은
현정의 목소리를 들었던 일. 그 일이 계속 생각이 났었
다. 누군가를 사랑한다고 느낄 때마다, 그런데도 그 사랑
을 감추는 자신을 깨닫게 될 때마다.

주영이 현정의 어깨에 손을 올렸다. 그리고 한 걸음 앞
으로 나섰다.

"저도 밀크드림 팬이거든요."

사랑의 탄생

흙더미는 어느 날 갑자기 생겼다. 언제, 누가, 왜 골목 입구에 어린아이 키만큼 흙을 쌓아둔 것인지 아는 사람은 없었다. 매일 그 앞을 지나다니면서도 흙더미가 생겼다는 것조차 알아채지 못하는 사람도 있었다.

골목은 오래된 아파트 단지로 들어가는 하나뿐인 길이었다. 엘리베이터가 없는 5층 건물 여섯 개로 이루어진 아파트 단지에는 따로 담장이 없었지만, 사람이 다닐 수 있는 길이라곤 그 골목뿐이었다. 지은 지 40년이 된 그 아파트에는 260세대, 827명의 사람이 살았다. 탄성고무 매트가 깔린 놀이터와 단층 벽돌 건물인 노인정, 노인

정을 드나드는 노인들이 가꾸는 작은 텃밭이 있었다. 몇
몇 사람들은 그 흙더미가 텃밭에 쓰이리라고 생각했다.

관리실에는 직원이 한 명뿐이었다. 그는 칠십대 여성
으로 관리소장이라는 직함을 달고 있었으나 다른 직원
이 없는 상태에서는 직함 같은 건 별 쓸모가 없었다. 월
요일부터 금요일까지, 오전 9시부터 오후 5시까지가 근
무시간이었다. 업무는 규칙적이었다. 정해진 요일이 되
면 재활용 수거장에 쌓인 재활용품을 종류별로 정리하
고 종량제 쓰레기봉투가 제대로 배출되었는지 확인했
다. 한 달에 한 번 관리비 내역서를 각 세대의 우편함에
꽂아 넣었다. 관공서에서 공문이 내려오면 게시판에 부
착하고, 이따금 방문 전달을 하기도 했다. 주차선을 지키
지 않은 차주에게 전화를 걸었다. 이사를 오거나 가는 사
람들을 맞이하고 배웅했다.

관리소장은 이 아파트가 처음 지어졌을 때부터 거주한
주민이기도 했다. 이전에 노인회장이었고, 그 이전엔 부

녀회장이자 통장이었다. 그래서 아파트 주민들 중 일부는 여전히 그를 회장님 혹은 통장님이라고 부르곤 했다.

"근데 회장님, 저거는 왜 안 치우는 거여?"

"뭐를?"

종종 관리실에 찾아와 간식거리를 나눠 먹는 1동 103호 주민이 벌써 일주일도 넘었다며 흙더미의 존재를 알려왔을 때에서야 관리소장은 그 흙더미를 인식했다.

"후딱 쓰든가 어따 치우든가 해야지 않나?"

관리소장이 주민과 함께 흙더미를 살피는 동안 고양이 한 마리가 주변을 맴돌았다. 주민들이 나비라고 부르는 검은 얼룩 고양이였다. 나비는 관리소장과 주민 사이를 느릿느릿 오가다가 털썩 바닥에 드러누웠다. 관리소장은 으레 그러듯 나비의 배를 긁어주면서 말했다.

"그러게, 쓰든가 치우든가 하긴 해야겠네."

어두운 빛깔에 알갱이가 고운 흙이었다. 텃밭에 가져다 쓰려면 흙더미를 무너뜨리고 햇볕에 말리면서 벌레 알이나 다른 불순물이 없는지 살펴야 할 것이고, 치우려면 담아 싣고 갈 트럭이 필요할 것이다. 관리소장은 잠시 고민하다가 전화벨 소리가 들려와 다급하게 관리실로 돌아갔다.

관리소장이 다시 그 흙더미 앞에 선 것은 닷새쯤 지나서였다. 사실 까맣게 잊고 있었다. 아파트 단지 안의 관리실로 출근했다가 3동 202호의 집으로 퇴근하는 터라 단지 밖을 벗어날 일이 없었기 때문에 굳이 골목 입구의 흙더미를 볼 일이 없었다. 그동안 흙더미에 대해 묻거나 항의하는 주민도 없었다. 그날도 커다란 스피커를 단 광고 차량이 나타나지 않았다면 거기까지 갈 일은 없었을 것이다.

무례한 운전기사와 한참 입씨름을 한 끝에 광고 차량이 떠나고, 관리소장은 7동 601호 주민을 만났다. 건설사 사장이 숫자 4를 지독히 꺼리는 사람이었는지 이 아파트에는 4가 들어가는 동호수가 없었다. 그래서 건물은 여섯 개이지만 7동까지 있었고, 5층 첫 집이 601호였다. 고등학교 2학년인 주민은 묵직한 가방을 메고 하교하는 중이었다. 주민이 관리소장에게 꾸벅 고개를 숙여 인사했다. 안녕하세요, 하는 목소리가 너무 작아 잘 들리지 않았다. 관리소장은 그 주민이 막 걸음마를 떼던 때부터 보아왔다. 훌쩍 자라는 모습을 볼 때마다 시간이 참 쏜살같다고 느꼈다. 반가운 마음에 말을 걸까 하다가 부담스러워할 것 같아 돌아섰을 때, 그 흙더미가 보였다.

이전에 봤을 때와는 어딘가 달라져 있었다. 관리소장은 찬찬히 흙더미를 살펴보았고, 곧 누군가 흙을 도닥여 모양을 잡아두었음을 알았다. 위에서부터 와르르 쏟아놓은 것 같았던 형체가 위쪽은 둥글게 아래쪽은 그보다 좀 더 크고 둥글게, 마치 눈사람과 같은 모습이 되어 있었다. 비죽 꽂아놓은 나뭇가지 하나가 왼팔처럼 보였다. 누가 이런 귀여운 짓을 했을까. 눈이 잘 내리지 않는 고장이라 눈사람을 만들어볼 기회가 없었던 게 아쉬웠던 이일까. 관리소장은 딱 하루만 더 흙더미를 그대로 두기로 했다.

다짐과 달리 관리소장은 일주일 뒤에야 수레에 삽을 싣고 흙더미가 있는 곳으로 갔다. 흙더미는 제법 어엿한 흙사람이 되어 있었다. 지난번 보았던 앙상한 왼팔 대신 손바닥을 펼친 모양으로 뻗어 나온 잔가지가 달린 굵은 나뭇가지가 꽂혀 있었고, 그와 비슷한 오른팔도 생겨 있었다. 그뿐만 아니라 돌멩이 두 개가 눈이 되었고, 머리 위엔 모자처럼 나뭇잎도 얹은 채였다.

"부술 거예요?"

5동 505호 주민인 어린이가 관리소장에게 물었다. 어린이의 손에 풀꽃 몇 송이가 들려 있었다. 관리소장은 지금 자신의 모습이 어린이에게는 잔인한 악당처럼 보일 거라고 생각했다.

"그러지 말까?"

어린이는 고개를 끄덕이고는 들고 있던 꽃을 흙사람의 어깨쯤에 꽂았다. 작고 여린 손가락이 꼼질꼼질 흙을 파내고 꽃을 꽂고 다시 흙을 덮었다. 관리소장은 수레를 끌고 관리실로 되돌아갔다.

관리실에는 아파트 단지에 설치된 스물다섯 개의 CCTV 카메라로 찍은 화면이 송출되는 모니터가 있었다. 골목 입구를 비추는 카메라에는 아슬아슬하게 흙사람이 잡히지 않았다. 대신 흙사람 앞을 지나는 주민들의 모습이 보였다. 관리소장은 누구든 흙사람을 꺼리는 기색을 보이면 당장 수레를 끌고 달려가리라 생각하며 근무하는 틈틈이 모니터를 들여다봤다.

2동 602호 주민은 잠깐 자리에 멈춰 서서 고개를 살짝 기울이고 흙사람을 바라보았다. 6동 209호 주민은 멀리서부터 흙사람을 의식하며 걸어왔다. 3동 107호 주민은 흙사람 앞을 지나면서 살짝 손을 흔들었다. 뭐라고 말을 거는 것도 같았다. 1동 305호 주민과 5동 302호 주민이 손을 잡고 나란히 걸어오다가 흙사람 앞에서 손을 놓았다. 6동 205호 주민이 주머니에서 스마트폰을 꺼내 흙사람의 사진을 찍었다. 사진을 찍고 나서도 흙사람 앞에 서서 한참 스마트폰을 들여다보는 걸 보니 누군가에게 그 사진을 보내는 듯했다.

"얘는 이름이 뭐예요?"

5동 505호 어린이가 물었다. 흙사람의 어깨에서 시든 꽃을 뽑아내고 새 꽃을 심으면서. 이번에는 꺾은 꽃이 아니라 뿌리가 살아 있는 꽃이었다.

"이름이라…… 흙인데…….

"흙이요? 저게 흙인데, 얘도 흙이에요?"

어린이가 저쪽 화단을 손가락질했다. 관리소장이 보기에도 화단의 흙과 흙사람은 같은 흙으로 보이지 않았다. 그렇다고 차마 사람이라고 할 수는 없고.

"얘는 그러니까, 흙더미인데…….

"얘 이름이 더미구나!"

어린이는 기뻐했다. 며칠 뒤에 흙사람의 몸에 '더미'라고 적힌 작은 푯말이 꽂혔다. 그러자 "더미야" 하고 부르는 주민들이 생겼다. "안녕, 더미야"라는 말도, "잘 있어, 더미야"라는 말도, "다녀왔어, 더미야"라는 말도. 누구랄 것도 없이 비가 오는 날은 우산을 씌워주었고, 무너져내린 곳이 있으면 다시 도닥여주었다.

"저기, 통장님. 더미 말인데요."

한 주민이 관리실을 찾아와 그렇게 말했을 때, 관리소장은 자신이 골목 입구를 비추는 카메라를 살피지 않은지 오래되었다는 걸 깨달았다. 이제는 그만 치워야 하지 않느냐고 하려는 걸까. 그간 책임을 방기하고 있었던 것을 탓하려는 건 아닐까. 관리소장이 긴장한 채 왜 그러시냐고 묻자 주민이 대답했다.

"텃밭에 뿌리셨나요? 버리신 건 아니죠?"

관리소장은 마땅히 대답할 말이 없어서 어리둥절한 채로 주민을 바라보았다. 주민이 관리소장의 표정을 보고는 머쓱하게 덧붙였다.

"통장님이 치우신 거 아니었어요? 더미가 사라졌길래요."

관리소장은 더미가 있던 자리로 가보았다. 주민의 말대로, 정말 더미가 없었다. 빈자리는 흔적 하나 없이 말끔했다. 처음 나타났을 때처럼 언제, 누가, 왜 그랬는지 알 수 없었다.

그 이후로도 여러 주민들이 관리실을 찾아와 더미의 행방을 물었다. 처음 찾아온 주민처럼 관리소장이 텃밭 혹은 화단에 뿌렸다고 생각하는 주민도 있었고, 버렸다고 생각하는 주민도 있었다. 그냥 두지 그랬냐고, 관리소장을 원망하는 소리를 하는 주민도 있었다. 관리소장이 모르는 일이라고 하면 쓸쓸한 표정으로 돌아서는 주민이 있었고, 누가 훔쳐 간 것 아니냐며 범인을 잡아야 한다고 목소리를 높이는 주민이 있었다. 관리소장은 그 등쌀에 못 이겨 골목 입구를 찍은 CCTV 영상을 보여주기도 했다. 하지만 더미는 지금껏 한 번도 찍힌 적이 없었으므로, 더미의 행방 역시 모니터 속에서 드러나지 않았다.

주민들은 더미가 없다는 것을 알면서도 그 앞을 지나갈 때면 더미가 있던 자리로 눈길을 주었다. 주변을 두리번거리기도 하고, 가만히 서 있기도 했다. 그저 흙과 나뭇가지와 돌과 풀꽃일 뿐이었는데. 바로 옆 화단과도 다를 바가 없는 것들인데. 주민들은 더미를 그리워하고 돌아오길 바랐다. 적어도 사라진 이유만이라도 알고 싶어 했다. 더미가 있다가 없어진 자리에 실종된 사람이나 분실한 물건을 찾는 것처럼 종이 한 장이 붙었다. '더미를 찾습니다. 더미의 소식을 아시는 분은 제보해주세요.' 관리소장은 그 종이를 붙인 사람이 7동 601호 학생이라는 걸 알았다.

"범인을 잡을 거예요."

5동 505호 어린이가 아파트 단지의 또래 친구들과 우르르 몰려다녔다. 꼬마 탐정단은 더미 실종 사건의 현장을 꼼꼼하게 살피고 아파트 주민들을 탐문했다. 아무래도 관리소장이 유력한 용의자인 모양인지 뒤를 따라다니며 감시하기까지 했다. 쑥떡을 들고 관리 사무소를 찾은 1동 103호 주민이 관리소장에게 속삭였다.

"어디서 흙더미 좀 구해 와야 되는 거 아녀? 저렇게들 찾는디."

관리소장은 골똘히 생각했다. 어디서든 흙더미를 구

하는 것이야 어려운 일이 아니다. 같은 자리에 와르르 쏟아놓고 이전과 비슷하게 흙사람을 만들 수도 있을 것이다. 하지만 그것이 정말 맞는 방법인가? 쑥떡을 다 먹고 난 뒤에도, 근무시간이 끝나 관리실 문을 잠그고 집으로 돌아온 뒤에도, 관리소장의 생각은 멈추지 않았다.

다음 날, 더미를 찾는다는 종이 위에 작은 메모지가 덧붙었다. 거기에는 이렇게 적혀 있었다. '더미는 여행을 떠납니다. 모두 행복하세요.' 그 메모지 아래에 주민들이 더미에게 전하는 마지막 인사말을 남겼다.

며칠 뒤, 더미가 있던 자리는 다시 깨끗하게 비었다. 이번엔 누구도 무슨 일이냐고 묻기 위해 관리실을 찾아오지 않았다. 하지만 주민들이 종종 더미가 있던 자리를 무언가가 있는 것처럼 바라본다는 것을 관리소장은 알았다.